JN252273

名作転生

mei saku ten sei

《メイサクテンセイ》

主役コンプレックス

――名作は転生する。

ありとあらゆる物語は、
何千、何億回も語られ、記されてきた。
その流転の果てに、
今再び、新たなページが加えられてゆく。

名作転生。
誰も（だれ）が知っている話を、誰（だれ）も知らない形で。
今、そこにしかいない、あなたに。

目次

4

Tongue-Cut Sparrow

1/10

幼馴染でもありライバルでもある祐介は、中学時代、同じリトルシニアの野球チームに所属していた。そこでおれたちは互いに4番を競い合い、卒業後はそれぞれ別の強豪校に進学した。

「まずはどっちが先にレギュラーを取るかだな」

強豪校ともなると、全国からエースで4番クラスの選手たちがぞろぞろ集まる。そんなエリート集団の中でレギュラーを獲得するのは至難だし、ましてや4番ともなると凄まじい競争率だ。おれは心の中で、祐介より早くレギュラーになる。そして4番の座を獲得してやると強く心に決めて進学した。

入部早々、おれは猛烈に練習に打ち込んだ。1年生が担当する雑用をこなしながら、放課後のチーム練習を終えたあとも深夜まで、そして朝も早くから起きだして自主練に励んだ。その努力の甲斐があったのか、2か月後には夏の選抜に向けたチームで控えの投手を任されて、さらにはバッティングでも下位打線ながらスタメンに抜擢されたのだった。

おれは祐介を思い浮かべ、優越感に浸った。

見たか祐介。おれはやったぞ。この調子だと4番になるのもおれのほうが先だろうな――。

ところがだ。ちょうどその頃、こんな噂が聞こえてきた。

――あの強豪校に1年生にして4番に抜擢されたやつがいるらしい――

それは祐介の進学した高校のことだった。まさかと思い、おれはすぐさま周囲に聞いて噂の真偽をたしかめた。すると、くだんの人物はやはり祐介らしいことが判明した。

おれは愕然とすると共に猛烈な嫉妬心に駆られた。祐介はスタメンどころか、すでに4番を獲得していたのだ。しかし同時に心の中には疑問も浮かんだ。たしかにあいつには才能がある。けれど、いきなり4番を任されるほどだとはどうしても思えないのだった。あるいは、自分の見立てが間違っていたのだろうか。それとも、才能が突然開花したのか……。

どうにも腑に落ちない気持ちを抱えつつも、おれは目の前の練習にひたすら打ち込むことしかできなかった。

そんなある日、おれたちのチームは遠征で祐介の高校と練習試合をすることになった。

そして当日、試合のあとにおれは祐介を捕まえた。無安打だったこちらに対して、祐介はホームランを含む猛打賞でチームの勝利に貢献していた。目の前に突きつけられた現実に、おれは尋ねずにはいられなかった。

「祐介」

声を掛けると、祐介は振り返った。そしてこちらに気づくと口を開いた。

「おう、久しぶり。せっかくだし、ちょうど話しに行こうと思ってたとこだよ」

人懐っこい笑みを浮かべている祐介に、おれはさっそく切りだした。

「なあ、聞きたいことがあるんだけど……」

「何だよ、いきなり」

少し躊躇ったあと、おれは言った。

「いや、何があったのかと思ってさ」

「何がって？」

「ほら、おまえ、レギュラーどころか、もう4番を任されてるじゃん。すっかり先を越されちゃったなって」

「ああ、そのことか……」

「いや、実力だろうとは思ってるよ。でも、さすがに早いなぁって」

おれは湧きあがってくる嫉妬心を抑えつつ言った。

しばらくの間、何となく気まずい沈黙の時間が流れた。

反応を伺っていると、やがて祐介は口を開いた。

「……まあ、おまえになら話してもいいかな。これには訳があって。ちょっと変わったことがあったんだ」

「変わったこと？」

「そもそもは数学の小テストがきっかけで」

「は？　数学？」

意味が分からず戸惑っていると、祐介はこんな話を語りはじめた。

あれは入学して少し経ってからのことだった。数学の授業で、先生が急に小テストをやるとか言いだして。

まあ、その日は何とか乗り切ったつもりだったんだけど、次の授業で返却された答案を見て、おれはひとつ大きなミスをしてたことに気がついて。

その問題でおれが書いたのは「1.14」って答えだった。でも、そこにバツがついててさ。結構自信があった問題だったからおかしいなと思って問題文をよく読み直したら、最後にこう書かれてたんだ。「小数第1位まで求めよ」って。小数第1位――つまりは「1.14」を四捨五入して、「1.1」にするのが正解だったんだよ。

単純な見落としで取れる問題を落としたんだから、悔しくて。それに、おれにはそういう詰めの甘いところが前からあって、野球にも通ずるところがあるんじゃないかって改めて考えさせられたりしたよ。

まあ、それはいいとして、ことが起こったのはその日の夜だ。

宿題をしようとノートを開いたときだった。端のほうに奇妙な落書きを見つけたんだ。

書かれてたのは数字の「4」。

それだけなら別に無視できそうなもんだけど、妙だったのがその筆跡に見覚えがあったことだった。で、しばらく眺めて、あっと思った。その「4」は、間違いなく自分の筆跡だったんだ。でも、おれは首を傾げた。そんなところに数字を書いた覚えなんてまったくないのに、なんでだろうって。

目を疑ったのは次の瞬間だった。

なんと、その「4」がひとりでに動きだしたんだ。まるで小鳥が地面を歩くみたいな感じで。呆然と眺めてると、「4」はぴょんぴょん跳ねてノートに書かれた他の文字に近寄って、左端の角のところでつつきはじめた。つつかれた文字は少し欠けて、どうも「4」はそれを食べてるらしかった。しまいにはチュンチュン鳴く声まで聞こえてきて、もうその「4」は雀にしか見えなくなってた。

そのときだ。頭の中に、あの数学の小テストのことがよぎったのは。

直感のまま、おれはすぐにプリントを取りだしてたしかめた。そして予感が当たったことを理解した。

あの自分が間違えてしまった問題――「1.14」と書いてたところが、消してもないのに「1.1」になっててさ。たしかにあった「4」の部分がなくなってたんだ。

「……もしかして、おまえ、おれが四捨五入し忘れた『4』なのか……？」

ノートで跳ねる「4」に向かっておれは尋ねた。すると「4」は、頷くみたいに角をちょこんと何度か下げた。

その様子を見てるうちに、おれはふと「舌切り雀」を思いだした。あの、おじいさんによくしてもらった雀が恩返しをするって話。

「おまえ、まさかおれが四捨五入しなかったから、助けられたとでも思って……」

半ば自分で自分の言葉を疑いつつ呟くと、「4」はまた頷いた。

おれは愕然としながらも、何とか頭を整理した。

なるほど、動物ならまだしも数字がだなんて、妙な恩返しがあったもんだな……。

そう思いながらも、チュンチュン鳴く「4」に興味を惹かれはじめてる自分もいた。

「まあ、じゃあ……よろしくな」

気がつけば、そんな言葉が自然と出てた。

その日から「4」との生活がはじまった。「4」の行動範囲はノートの上に留まらなくて、いろんな場所で動き回った。時には机の上で跳ねてたり、時には手のひらに移ってきたり。「4」は文字をつついて食べてるらしかったから、おれはときどき米粒みたいな点を書いてエサやりの真似事をしてみたりした。

「4」は外に行くときもついてきて、学校へも一緒に登校した。ときどき授業中にチュンチュン鳴くのには困ったけど、ペットを飼ってるみたいで自然と愛着が芽生えていった。

こんなことも考えたよ。「4」ってさ、世間では嫌われることが多い数字だろ？　「死」を連想させるとかで、不吉がられたり。それこそ四捨五入でも捨てられちゃうし、報われない数字だなぁって。その気持ちは実際に「4」と触れ合ううちにいっそう強くなっていった。同時に、だからこそ自分がちゃんと守ってやらないとっていう使命感にも駆られるようになっていって。

ちょうどその頃からだった。野球がうまくなりだしたのは。

ム

なんだかボールがよく見えるようになってきて、試合をすると四球が増えて塁に出られることが多くなった。無駄なボールに手を出さなくなったからヒットが増えて、ホームランもどんどん打てるようになっていった。

もちろん、もともと人一倍練習してたって自信はあるけどさ、さすがになんでこんな急にって思ったよ。それでいろいろ理由を考えてみたんだけど、すべては「4」のおかげに違いないって思うようになって。

四球なんて、まさに「4」だろ？　ホームランのことだって、1塁、2塁、3塁って考えてくとホームベースは4塁だとも言えるわけで、これも「4」に縁がある。

「なあ、これっておまえなりの恩返しなの？」

聞いてみても、肝心の「4」は粋のつもりか、知らぬ存ぜぬって感じでぴょんぴょん跳ねて文字をつついてるだけなんだけど。

「だから、こうやって4番に抜擢されたのも、やっぱり『4』のおかげだと思ってる。まあ、もしかするとそれだけじゃないのかもしれないけどさ。でもおれは『4』がチャンスを与えてくれたと思ってて、その気持ちに報いなきゃって身が引き締まる思いでやってるよ」

祐介は清々しい笑顔でそう言った。

おれは狐につままれたようで、しばらく口を開くことができなかった。どこまで本当の話なのか……疑うわけではなかったけれど、にわかには信じがたいのも事実だった。

「じゃあ、そろそろ行くわ」

祐介は道具を担いで口にした。

「まだまだ先は長いし、これからが勝負だからな。お互いがんばろうぜっ！」

「おう……」

何とかそう返すのが精一杯で、おれは遠ざかる祐介のユニフォームに光る背番号「4」をただただ眺めるばかりだった。

おれは家に帰って改めて祐介の話を反芻した。考えれば考えるほど、嫉妬心は膨れあがる一方だった。

自分だって、人に負けないくらい練習をしているつもりだ。なのに祐介だけが妙な幸運にありつけるだなんて、そんな不公平なことはない。おれも野球がうまくなりたい。４番の座を手に入れたい……。

と、おれはハッと気がついた。どうしてこんな簡単なことに気づかなかったのか。

――自分も祐介の真似をすればいいだけじゃないか！

チャンスはすぐにめぐってきた。

次の数学の試験のとき、おれはこぼれる笑みを懸命に抑えた。問題文に、待ち望んでいた「小数第一位まで求めよ」という文言を見つけたからだ。

おれは高鳴る胸で計算をはじめた。祐介みたいになるためには、ここで「４」を書かないといけないわけだが、それには答えに「４」が含まれている必要がある。

が、計算して出た答えには残念ながら「４」がなかった。けれど、おれは迷うことなく、そこに「４」と書きこんだ。正解かどうかなんて、どうでもよかった。要は「４」と書いておきさえすればいいのだから。

と、そこでおれは不意に思った。せっかく書くなら、「4」は多ければ多いほどいいんじゃないか？　祐介は「4」をひとつしか書いてなかったと言ってたはずだ。そして自分は詰めが甘い性格だとも。

ははは、だったらおれはたくさん「4」を書いてやろう。そうすれば、祐介よりもいっそう幸運が訪れるに違いない。

おれは解答欄いっぱいに「4」をどんどん書きこんだ。端のほうまで小さな文字でいっぱいに。

これで念願の4番になれる。

もはや緩む頬を止めることはできなかった。

しかし、テストが返却され、目論見通りにバツの入った答案を手に入れてから初めての試合——甲子園に向けた練習試合で、おれはスタメンながらも相変わらずの下位打線を告げられた。

まあ、まだテストが返ってきただけで、あのとき書いた「4」がやってきてないからな。たくさん「4」を書いたから、恩返しにも時間が掛かるということだろう。

そう解釈して試合に臨もうかというときだった。試合前の練習でエースがケガをし、控えのおれの緊急登板が告げられた。

が、気をみなぎらせて上がったマウンドでの結果は散々だった。

いきなり先頭打者に四球を与えてしまうと、2番、3番とつづけて四球。あっという間に満塁となり、4番打者にあっさり満塁ホームランを打たれてしまったのだ。

監督がすぐに立ちあがり、ワンアウトも取れずにおれは降板させられた。ベンチに下がって、うなだれる。せっかく与えられたチャンスに何やってんだと、どうしようもなく情けなかった。

後続打者は次のピッチャーが抑えてくれたが、スコアボードの「4」の数字がチームに重くのしかかった。

と、そのとき、おれは妙なことに気がついた。スコアボードの「4」という字を眺めるうちに、どこかで見たことがあるような気がしてきたのだ。まさかと否定しようとしたものの、心の奥ではすでに確信が芽生えていた。間違いない、それは自分の筆跡だった。

あのときの「4」だ。テストで書いた「4」がやってきたのだ。

しかし、それは恩返しのためでないことは明白だった。たくさん書きたいがあまり書き殴ったのがいけなかったか、そのいびつに歪んだ「4」は禍々しい雰囲気を放っていた。

そして嫌な予感は現実となる。次の回にチームはまたもや4失点。その次の回でも同じようにちょうど4点を失って、コールド負けしてしまったのだった。球場には、いつしかチュンチュンとやかましい音が響いている。

スコアボードに並ぶ「4」を呆然と眺めながら、おれはぼんやり、この先の試合のことに思いを馳せる。

あのとき自分は解答欄に、いったいいくつ「4」を書き連ねただろうか。

きょうの眠り姫

Sleeping Beauty

2/10

こんこん、と机のすみをこぶしがたたく音に、島田遥哉は、ふ、と覚醒した。

つっぷしていた上半身をゆっくりと起こし、すぐ目の前にいる相手を見上げる。

「ふたりひと組になれだって。組も」

切れ長の大きな目に、じっと見下ろされていた。

むっとしたような顔をしているのは、いつものことだ。彼女の常態だ。

「島田はさ」

机の角に、彼女のふとももがのせられた。丈の短いプリーツスカートをはいていることなんて、おかまいなしだ。

「警察官と刑務官、どっちがいい？」

なにをきかれているのかわからなかった。

遥哉がぼーっとしたままでいると、彼女——淡島夏藍は、いきなり両手で頭をつかんできた。容赦なく、ぐらんぐらんに揺さぶられる。

「ちょっ……あの、やめ……」

あえぐように遥哉が中止を求めると、激震はおさまった。鼻と鼻がぶつかりそうな距離にまで、彼女の顔がせまる。

「起きたね？」

こく、とうなずく。

よし、と言って、彼女は丸めていた背中を伸ばした。日本人形のような整い方をした顔が、あっけなく遠ざかる。

「あんたいま、ふりじゃなくて、本気で寝てたでしょ」

遥哉があいまいに首を横にかたむけると、ふたたび彼女の両手が、ぬーっと近づいてきたので、とっさに身を引いた。

寝ても寝ても眠いのは、自分だけなのだろうか。

「淡島さんは、眠くないの？」

「は？　いま？　いまは眠くないよ。昼じゃん。っていうか、真っ昼間じゃん。もっと言えば、授業中だし」

遥哉が一秒のあいだにしゃべれる分の三倍は一気にまくしたててから、淡島さんは、あ、と言った。

「まただよ。あんたとしゃべってると、なんか調子狂うんだよね。なんで島田って、そんなんなの？」

またしても、なにをきかれているのかよくわからない。

なんで島田ってそんなんなの？　の、そんなん、がどの部分をさしているのかを、まず教えてもらわなければ、と思う。が、せっかちな淡島さんは、遥哉の返事を待つことなく、

「いいから、ほら、図書室いくよ」

強引に遥哉の腕を引いて椅子から立たせると、そのまま歩き出してしまった。

ちらりと教室の中を見回してみる。いつのまにか人がいなくなっていた。授業中のはずなのになあ、と不思議に思いながら、淡島さんにつれられるまま、足早に廊下を進む。

「みんなとっくに、図書室いったあと。あんた、呼んでもまったく起きないんだもん」

ああ、それで、と思いながら、長い廊下の右手につらなっている窓のほうに顔を向ける。

中庭にしげっている樹木の青が、目にまぶしい。寝起きの目には、なおさらだ。天気が、とてもいい。

「ねえ、淡島さん」

遥哉は、リードにつながれている散歩中の犬の気分で、淡島さんの手につかまれたままの自分の腕に視線をもどした。

「なに」

「さっきの質問だけど」

「さっきの質問？　なにきいたっけ」

「警察官か刑務官、どっちがいい？　って」

「ああ、それ」

「どっちかじゃないとだめなの？」

「だめってことはないけど」

「だったら、人体実験の被験者がいいな」

「は？」

「ずっと寝てられるでしょ、それなら」

淡島さんが、ぴた、と足を止めた。いきなりだったので、すぐうしろをついて歩いていた遥哉は、そのすらりとした薄っぺらい背中に、思いきりつっこんでいってしまった。

「あ、ごめ……」

あやまる途中で、淡島さんの背中が、くるん、と反転した。あわてて身を引く。

「あんた、将来なりたい職業の話だと思ってる？」

「……ちがうの？」

「どういうことをする仕事なのか調べて、わかりやすく発表すればいいだけ！　マジでせんせーの話も聞かずに寝てたんだね、あんた」

たしかにせんせーの声は、最初のあいさつと、『はじめましょうかね』までしか聞いた記憶がない。

「じゃあ、警察官と刑務官っていうのは？」

「ただ単に資料が多そうで調べやすそうだなって思ったのと、ちょっと興味のある職業だったから、適当に選んだだけ」

ようするに、遥哉が寝入ってしまったあと、気になる職業をひとつ選んで、ふたりひと組で調べたものを発表してもらいます、というような話がせんせーからあった、ということらしい。

なるほど、それで授業中なのに、教室にだれもいなかったのか、と遅ればせながら理解した遥哉に向かって、淡島さんが、ほとほとあきれ果てた、というように言う。

「あんたって、ホント寝るのが好きなんだね。寝てばっかいたって、なんにもおもしろいことなんかないじゃん。いいの？　そんなんで」

そんなん。

また、言われてしまった。

「で、どっちがいいの？　島田は」

「え？」

「警察官と刑務官！」

「えっと……じゃあ、刑務官のほうで」

「ん」

そうと決まれば、とばかりに、淡島さんはふたたび、足早に廊下を歩き出す。

まっすぐに伸びた白いシャツの背中を見つめながら、遥哉もあとにつづいた。


淡島夏藍は、なにかというと遥哉を誘う。

ふたりひと組でなにかをしなければならないときなんかは、ほぼ確実に、遥哉を誘う。

寝てばかりいるうちに、同じクラスの男子のだれかと親しくなる、という機会を失いつづけた遥哉は、夏休みを直前に控えたこの時期になってもなお、誘いあって弁当を食べる相手もいなければ、下校をともにする仲間のひとりもいない。

一方、淡島さんのほうはというと、弁当は決まって何人かで集まって食べているし、下校時にはだれかしらとつれだっている姿しか見かけたことがない。

それでいて、遥哉のような〈孤島の住人〉に、気まぐれにかまってみたりもする。女子にもひとり、休み時間になると自分の机につっぷしてばかりいる子がいるのだけど、淡島さんはその女子とも、不定期に交流していた。

純粋に、好きなんだろうなあ、と遥哉は分析している。難破船で流れついたにしろ、望んで泳ぎついたにしろ、〈孤島の住人〉として学校生活を送っている同級生たちが、淡島さんは好きなのだ。淡島さんの嗜好なのだ、きっと。

「なに、じろじろ見て」

長い髪を背中に払いのけながら、淡島さんが遥哉をにらみつけてくる。

短いスカートで、あぐらをかいている。

灰色のコンクリートの上に、向かい合って座っている淡島さんと遥哉のあいだには、それぞれの弁当が広げられている。

きょうは屋上の気分なんだよね、という淡島さんに、なかば強引につれられてきた。

ところどころに、輪になっている集団がいる。遥哉たちのように、ふたりだけの組み合わせもいる。〈孤島(ことう)の住人〉は、いない。

おひとりさま上等のおとなであっても、〈ひとり牛丼(ぎゅうどん)〉は平気でも、〈ひとり焼肉〉はさすがにつらい、と思うものらしいのだけど、学生にとってのそれは、〈ひとり屋上で食べる弁当〉になるのかもしれないな、と思った。

「だから、なに。無言で見るの、やめてって」

遥哉は、いま自分が淡島さんに感じている気持ちを、言葉にして伝えてみたくなった。

うまく言えるかどうか、わからない。

でも、淡島さんからも、無言で見るのはやめてと言われてしまったので、思いきって言ってみることにする。

「淡島さんは……きっとかっこいいおとなになると思う」

「はあ？　なにそれ」

「十年後、ほかの女子たちが、あのころはよかったよねえ、とか言い出しても、淡島さんは、はあ？　なにがよかったの、ちっともよくなんかなかったよ、いまのほうがずっと楽しいじゃんって言ってそう」

あぐらをかいた淡島さんのつるつるのひざが、ばたばたと暴れ出す。淡島さんは、笑っていた。

「なに言い出すかと思ったら。十年後の話かよ」

「すぐだよ、十年後なんて」

「えー、そうかな。一年後のことだって、めちゃくちゃ先のことに思えるけどね」

「一年後だってすぐだし、一ヶ月後だって、あしただって、一分後だって、すぐにきちゃうよ」

「ふうん？」

やっぱり、だめだった。

ちっともうまく伝えられなかった。

遥哉がいま、淡島さんに感じている気持ちを伝えるには、言葉はあまりにも役立たずだ。

そんなものでは、伝えきれるような思いではないのだ。

「淡島さん」

「うん？」

「キスしてもいい？」

淡島さんの、日本人形のような整い方をした顔が、あからさまに驚いている。肉の薄い、すっきりとした一重の目が、わずかに見開かれている。そのさまは、泣きたくなるほどきれいだった。

きれいだ、淡島さん……。

淡島さんを知ってしまったら、寝ていることがいやになる。

遥哉は、眠気を感じていない状態が、こんなにも〈生きている〉を体感させてくれるものだということを、はじめて知った。

もう二度と、眠らなくたっていい。

そう思うほどに。

「……あんたのこと、変わってるなあ、と思ってはいたけど」

淡島さんは、まばたきもせずに遥哉の顔を見つめたまま、言う。

「まさか、ただのクラスメイトにキスしていいかきくほどの変わり者だとは思ってなかった」

してもいい、と言っているようだった。

遥哉は、弁当箱とそのふたをわきによけると、ひざ立ちをして、淡島さんのほうに身をのり出した。

だれかに見られるかもしれない。だれにも見られないかもしれない。そんなことは、どうでもよかった。

淡島さんのくちびるに、ちゅ、と軽く、遥哉のくちびるが触(ふ)れたその瞬間(しゅんかん)――、

「あ！」

遥哉の頭の中で、なにかがカチッと切(き)り替(か)わる音がした。

あ、あ、あ……。

見る見るうちに、思い出していく。

自分がだれで、本当はどこでなにをしていたのか。

いやだ！　と声にならない声で叫ぶ。

淡島さんのいない世界になんて、もどりたくない。

ここにいたい。

せめてあと少し。

ふたりがおとなになるまでの、ほんのわずかなあいだだけでもいいから――。


透き通った布がふわりと舞い降りてくるように、姫の意識は、静かに自分の中にもどった。

閉じたままの目は、それでも開かない。

意識はあっても、体は動かないのだ。

姫はもう、百年も眠っている。茨の森にかこまれた、さみしい城の奥の間で。

この先も、どれだけ眠るかわからない。

――ああ、もどってきてしまった。

姫は、自分の体、という檻の中で、
深く長いため息をついた。
もどってきた途端、檻の外にいたときの
ことは、きれいさっぱり忘れてしまう。
なにかとてもきれいなものを見ていたような
気がするのに、なにひとつ、思い出せないのだ。
姫はくり返し、檻の外に出ている。
もどるといつも、くちびるに違和感がある。
いつも決まって、くちびるがさみしい。
その理由さえ、姫にはわからない。
わからないまま、姫はまた次の〈旅〉を
待つ。
だれも知らない、姫だけの〈旅〉だ。

 オリジナル・テキスト=「眠れる森の美女」（1697年　C.ペローなど）

正しい玉手箱の使い方

Urashima Tarō × Peter Pan

3/10

浦島太郎はすっかり途方に暮れていた。
この浜辺でいじめられていたカメを助けたお礼にと、海の中にある竜宮城に案内されてからというもの、太郎は楽しい日々を送ってきた。毎日夢のような歓待を受け、気がつけばあっというまに３年が過ぎていた。

さすがに家族や友人のことが気になり、こうして地上にもどってきたのだが、あたりはすっかり様変わりしている。

通りかかった人に尋ねてみてわかったのは、自分が「７００年前に突然行方不明になった浦島太郎さん」として、この土地で語り伝えられているということだ。竜宮城での３年間は、地上での約７００年に当たるらしい。

「じつはぼくがその浦島太郎なんです」

と言ってみたけれど、真剣にとりあってもらえない。それに、よく考えればたとえ信じてもらえたところで、今さらいいこともないのだった。

（さて、これからどうしたものか……）

沈みゆく夕日をながめながら、太郎は浜にごろりと横になった。

（こんなことならもうちょっと早く帰るんだった）

太郎は何度となく帰ろうとしたのだが、美しい乙姫様に、

「まだいいじゃありませんか……わたくし、さびしくなってしまいますわ」

と腕をからめられると、ボーッとして帰れなくなってしまうのだ。

（そういえば小さいころからよく母さんに言われたっけな。「おまえはやさしい子だけれど、優柔不断すぎるのがいけません」って）

太郎の脳裏に母の顔が浮かぶ。ある日不意にいなくなってしまった太郎を、母はどんなに心配しただろう。太郎は心が痛んだ。

「母さん……」

こうつぶやいたとき。

太郎の目の前に、ひらりと少年が舞いおりたのだ。

突然空中から姿を現した少年は太郎には目もくれず、浜にしゃがみこみ、砂に手をつっこ

んで遊び始めた。

太郎は目を白黒させた。その少年のかっこうは、なんとも風変わりだ。赤茶けた髪、妙にとがった耳、形容しがたい不思議な目の色。着ているものも奇妙な形をしているが……。

（いや、考えてみれば７００年もたっているわけだしな。今はこういう服装がはやりなのかもしれん）

太郎は、愛想笑いを浮かべながら、おそるおそる口を開いた。

「や、やあ……こんにちは」

すると、今度は少年のほうが驚いた顔をした。

「あれ？　あんたはずいぶん大人なのに、ぼくが見えるんだね」

「どういう意味だい？」

少年はニヤリと笑った。

「ぼくは、人間じゃないから。妖精を信じているような子どもにしか見えないはずなのさ」

「……ふむ、なるほど」

太郎がちっとも驚かないので、少年は拍子ぬけしたようだ。なにしろ、太郎はさっきまでおとぎ話のような世界にいたのだから、非現実的なことには慣れている。もちろん少年はそんなことは知るよしもないのだが。

少年は、太郎の隣に腰を下ろした。

「ぼくはピーター・パン。大人の友だちは初めてだけど、あんたとは仲よくなれそうだ」

「ピー……なんだって？」

太郎がきき返すと、ピーターはあきれたように言った。

「ぼくの名前を聞いたことないの？　ぼくはずいぶん有名だってのに……あんた、大人のくせにずいぶん物知らずだな」

「面目ない。なにしろ長く海の中にいたもんで、世の中のことにさっぱりうとくなってしまってね。それというのも……」

「よし、じゃあぼくのことを聞かせてやるよ！」

ピーターは、太郎が自分の身の上を説明しようとするのをさえぎって、自分のことをぺらぺらと話し始めた。

生まれて1週間で家を飛び出して、妖精たちと暮らし始めたこと。「大人になんかなりたくない、ずっと子どものまま遊んで暮らしたい」という願いがかない、いっさい年を取らず、ネバーランドという島で子どもたちだけで面白おかしく暮らしてきたこと。海賊をやっつけたり、たくさんのワクワクするような冒険をしてきたこと。

数々の武勇伝を自慢げに語ったピーターがさびしそうな表情を見せたのは、太郎がこう尋ねたときだった。

「じゃあ、きみはずっと家には帰ってないのかい？」

「お母さんに会いたくなって帰ったことがあるよ。だけど……おそすぎたんだな。ぼくのベッドには別の子が寝ていて、もう家にぼくの居場所はなかったんだ」

「そうだったのか……」

太郎は、ピーターがかわいそうになった。彼の境遇は、自分に似ているようにも思える。

「でも、ぼくはさ、見つけたんだよ。お母さんの代わりになってくれるすてきな女の子を。

ウェンディっていってね。寝る前にはお話を聞かせて寝かしつけてくれるし、おさいほうもお料理も上手で」

「そうか。つまり、きみはウェンディを探して旅しているところなんだね」

するとピーターは顔をくもらせた。

「いや。ウェンディがいるところはわかってるんだ。だけど……」

ウェンディはもうすっかり年を取っておばあさんになり、ピーターの姿が見えなくなってしまったのだという。

ピーターはため息をついた。

「ぼくは長いこと、ゆかいにやってきたさ。だけど、少々ネバーランドで暴れるのにもめきちゃったんだ。それで、風の吹くまま飛んでいるうちにここにたどり着いたってわけなのさ」

太郎は、ピーターをなぐさめようとして言った。

「でも、永遠に年を取らないなんて素晴らしいじゃないか。ずっと子どものままでいられるなんて」

「本当にそう思う？　ウェンディは知らない間に大人になって、どこかのだれかと結婚しちまった。ぼくはウェンディの子どもとだって遊んださ。ほかの女の子とだってね。でも……ぼくにとってウェンディ以上の女の子はいないって、最近つくづく思うんだ」

ピーターに見つめられて、太郎は言葉に詰まった。るすをしている間に家族にも友だちにも「置いてきぼり」になってしまった太郎は、ピーターの気持ちが痛いほどわかったのだ。

「ピーター、今度はぼくの話を聞いてもらえるかな」

「アハハハ！　こんなマヌケな話、初めて聞いたよ！　で、これからどうするつもりなのさ⁉」

話し終えるとピーターは腹をかかえてゲラゲラ笑いころげたので、太郎はいささかムッとした。

「だから今考えてるところなんだよ。知り合いは一人もいないし、家もなければお金もないし」

口に出すとよけいに情けなく不安になって、太郎はわきに置いた玉手箱に手をのばした。

すると、ピーターがすばやくその手をおさえつけた。

「おっと！　むやみに開けないほうがいいぜ」

「どうしてだい？　乙姫様によれば、この箱には、ぼくが竜宮城にいた間の時がとじこめられているんだ。これを開ければ、７００年前にもどれるんじゃないかと思って……」

ピーターは腕組みをして首をふった。

「慎重にしたほうがいいって言ってるんだ。一度開けたらあともどりはできないんだぜ」

ピーターは玉手箱を手に取ると、しげしげとながめた。

「箱の中に時がとじこめられている、か……」

ピーターは玉手箱を持った手を後ろに回すと空中に飛び上がった。

「これ、ぼくにくれよ！」

「ええっ、そんな!?」

太郎はあわてて追いすがろうとした。しかし、ピーターに体をかわされたので、すっころんで頭から砂浜につっこんだ。ピーターはケラケラ笑い、太郎を見下ろしながら言う。

「これをもらう代わりにあんたの身の振り方を考えてやる。それならいいだろう？　そうだな

……あんたの体験した竜宮城（りゅうぐうじょう）の話を本に書いて売るってのはどう？　大金持ちになれるぜ」
「無理だよ。本なんて書ける気がしない……」
「じゃあ、ネバーランドに連れてってやるよ。飛び方は教えてあげる。あんた、これまで働きもしないで遊んで暮らしてたんだろ？　だいじょうぶ。子どもの中に入ってもうまくやれるよ」

　そうかもしれないが、太郎にもさすがにそれでいいのかという疑問がわいてくる。

「いや、一応ぼくも大人なわけだ。３年も遊んでたんだし、これからは大人らしくしたほうがいいんじゃないかな」

　太郎はあまり自信なさそうに答えた。

　すると、ピーターはポンと手を打った。

「そうだ、竜宮城（りゅうぐうじょう）に帰ればいいじゃないか。乙姫様があんたを竜宮城（りゅうぐうじょう）から帰したがらなかったってことは……乙姫様はあんたに恋（こい）してたのかもしれないぜ」

　太郎は胸がドキンとした。

（そう言われてみれば……）

乙姫様は若く輝くばかりに美しいが、結婚もしていなければ恋人がいる様子もなかった。地上に帰ってはきたけれど、今の太郎は身元不明のあやしいヨソ者だ。これから土地の人たちの信用を得て、結婚相手を見つけることができるのかわかったものではない。

（それならいっそ、竜宮城に帰るっていうのはアリだな。なんでそれを思いつかなかったんだろう）

太郎は顔をほころばせた。乙姫様が、

「ああ、太郎様。帰ってきてくれたのね、うれしいわ！」

と、抱きついてきたりするのを想像して顔が赤らむ。

「そうするよ。どうせ、この世界ではぼくはとっくにいなくなった人間なんだし」

「よし、決まった！」

ピーターはヒューッと口笛を吹くと、太郎のそばに降り立った。そして右腕に玉手箱をかかえたまま、左腕で太郎の体をかかえて舞い上がる。

「わっ、ピーター！　何をするんだ！」

「言っただろ、今すぐ竜宮城に行くのさ！」

ピーターが恐るべきスピードで飛行するので、太郎は口が開けない。

（おい、ちょっと待ってくれよ……カメが連れていってくれたときは、こんなんじゃなかったぞ）

ピーターは沖まで出ると低空飛行で海面に近づいた。透明な海のずっとずっと深いところに、きらびやかな城がちらちらと見える。

「よし、ここらでいいだろう。ぼくは飛ぶのは得意だけど泳ぎは苦手なんで、ここでお別れだ。幸運を祈る！」

ピーターは、勢いをつけて太郎を頭から海に投げこんだ。海藻がゆらめく海深くもぐっていく太郎の体を、魚の群れがよけながら通りすぎていく……。

浜にもどったピーターは、玉手箱を開けた。

白い煙がもうもうとわき上がって、ピーターの体を包む。

煙がすっかり空気にとけて見えなくなったとき、ピーターは老人の姿になっていた。

髪はみごとに真っ白で、あごにはヤギのようなヒゲがある。顔じゅうには数え切れないほどのしわが刻まれている。

ピーターは海面に自分を映すと、歓声を上げた。

「ウェンディ。やっと、きみとつり合うぼくになれたよ！」

ピーターはやや曲がった腰をのばすと、ふわりと夜空に飛び立った。

オリジナル・テキスト＝「**浦島太郎**」（奈良時代　日本の昔話）
「**ピーター・パン**」（1928年　J.M.バリー）

バベルの末裔(まつえい)

The Tower of Babel

4 /10

旧約聖書の『創世記』に、こんな物語がある。

世界中は同じ言葉を使って、同じように話していた。東の方から移動してきた人々は、シンアルの地に平野を見つけ、そこに住み着いた。彼らは、「さあ、天まで届く塔のある町を建て、有名になろう。そして、全地に散らされることのないようにしよう」と言った。主は降って来て、人の子らが建てた、塔のあるこの町を見て、言われた。「彼らは一つの民で、皆一つの言葉を話しているから、このようなことをし始めたのだ。直ちに彼らの言葉を混乱させ、互いの言葉が聞き分けられぬようにしてしまおう。」主は彼らをそこから全地に散らされたので、彼らはこの町の建設をやめた。こういうわけで、この町の名はバベルと呼ばれた。主がそこで全地の言葉を混乱させ、また、主がそこから彼らを全地に散らされたからである。

（日本聖書協会『聖書　新共同訳』創世記十一章より）

それから二千年以上、人は実際に、さまざまな言葉を使っていたらしい。

昔は、世界が二百以上の「国」に分かれていて、それぞれの国でだけでなく、地方や民族によってもちがう言葉を話していたんだって。その数七千種類くらいあったとか。信じられない！　情報伝達は「通訳」とか「翻訳」という職業の人に頼らざるをえなかったらしい。ほとんど伝言ゲームみたいなものだっただろうな。想像するとものすごくコミカル。だれかが何か言ったら、それを通訳が別の言葉で言い換えて、それを聞いた人はまた自分の国の言葉で意見を言って、相手はそれをまた通訳に伝えてもらって……ひええ、めんどくさい！

でも、人間の叡智はついに神さまを超えた。今では国境線はなくなり、ひとつの地球国家になって、人類はみな平等。そして、何もかもが統一された。政治も、宗教も、言葉も。

いつのまにか量子力学の授業が終わっていた。あまりに簡単すぎて、とちゅう寝落ちしたらしい。そのときだった。

「９０７１２８花さん、相談室へ」

いきなりアナウンスが流れた。えっ⁉　呼び出し⁉　なんで⁉

と思うまもなく、担任の１４９２８５木村先生が恐ろしい顔をして入ってきた。そして、何も言わずにあたしの腕をつかんだかと思うと、年配の女性とは思えない早足で、あたしを引きずるように廊下に連れ出した。クラスのみんながあっけにとられて見守るなか、あたし、高校一年F組の９０７１２８花は、あれよあれよというまに最上階まで導かれ……

「その部屋」に押し込まれた。


「『バベル』にようこそ」

その部屋にいた男の人が、にこやかに言った。

……バベル？

「この学校に、そういう名前の塔が存在している、って、知らなかった？」

知らなかった。あなたのことも。

あたしは、その人の顔をまじまじと見つめてしまった。よく見るとあたしと同じくらいの年齢だ。高校生……？　でも……不思議な外見をしている。髪も、眼も、人とちがう。特に、肌の色！　白い？　肌の色が白？　どうしてこんな色をしているの？

その近くには女の人もいる。この人は、黒だ。ふたりとも、からだに何か塗ってるの？　赤や緑もいるのか？　と、思わずあたりを見まわしたけど、この部屋には、その白い人と黒い人と１４９２８５木村先生しかいない。先生とあたしは……同じ色だ。

白い人が、ふたたび口を開いた。そのとたん、あたしは卒倒しそうになってしまった。

「○×△※◆◎！＄＆％＃＊＊＋△■！」

……知らない言語!?

数時間もしないうちに、あたしは山ほどの衝撃的事実を聞かされた。

地球は今も二百の国に分かれている。

地球上には、実は今もまだ五百種類くらいの言語や文化が残っている。

世界にはさまざまな色の肌や髪を持つ人がいる。

けれど、その事実は隠されている。コンピューターとコントロールネットの発達で、地球は完全な情報制御の下にある。そうして、真のグローバル化が実現したのだ。


一時期の「グローバル化」は、地球上の何十億という民が、同じ価値観、同じ神をもつことをめざすものだった。でも、そのためにかえって争いが起こり、戦いはエンドレスになった。みな、自分の正義が唯一の正義と信じ、自分たちが信じる神が唯一の神と信じ、異なる信念を持つ者同士は、殺しあうことすらいとわなかった。結局のところ、人は自分たちとちがうものが許せなかったのだ。

愚かな人間同士の争いが、最後は地球を吹き飛ばすギリギリのところまでいったとき、まるで自浄作用のように人類の「新種」が生まれた。「新種」は、それまでの人類をはるかに超えた高い知能と、神にも近い公正な心を持ち合わせていた。彼らはその才能と技術を駆使して、すばやく地球の「グローバルシステム」を作り上げた。無理に世界を統一するのではなく、世界はひとつであるというバーチャルを信じさせることによって、統一されたのと同じことにしたのだ。

その虚構はくずされてはならない。次に戦争が起これば、超大型核爆弾のボタンをだれかが押して、何もかもが一瞬で「無」になってしまうから。「新種」はシステムを途切れさせないために、世界各地で後継者をさがしはじめた。生まれて二年で言葉を覚え、公平で正義感が強く、くだらない差別心を持たない「新種」の仲間を。

条件を満たした子どもは、特別な学校に入れられ、高度な教育と訓練を受ける。その中でも特にすぐれた者は、純度の高い新種として選ばれる。地球をリードし、管理し、制御するためのエリート集団の一員に。そして、あたしは選ばれた。いま。

ということを、怒涛のようにいきなり聞かされたあと……

「なつかしいわ。四十年前に、あたしもここに呼ばれたのよ」

　１４９２８５木村先生が言った。

「バベル」は地球上に二千三百十七箇所あるエリート集団のオフィスのことで、あたしの学校にあったのは、１４８１号塔。あたしに会いに来た白い人はドイツ人の９１８０８２０ヘルマン、黒い人はジャマイカ人の０６２０１１１４リタ。あたしが生まれた国は日本で、あたしは日本人という国民で、あたしが話している言葉は日本語で、肌の色は、分類上は白でも黒でもなく黄色。たった今まで、自分は単に「地球人」だと思っていたのに。

　でも、話を聞いた一分後には、あたしはすべてを受け入れていた。そして、ヘルマンの母国語のドイツ語と、リタのパトワ語を一から学習し、翌日には完全にマスターしていた。それは、高い言語能力と記憶力を持った「新種」にしかかなわないことで、ふつうの人々は、ほぼ一生に一つの言語しか習得できないという。

　今、世界中の人々が不自由なく意思疎通できるのは、すべての場所にコントロールネットの電波がはりめぐらされているからだ。ネット上では常にコンピューターの演算が行われていて、人々は無意識のうちにその演算を通して生きている。演算は常にひとつの言語を別の言語に置き換え、人は自分と相手がちがう言葉を話していることにすら気づかない。

「ついでに言うと、視覚も聴覚もすべてコントロールされているから、だれも、相手と自分がちがうことにも気づかないのよ。みな同じ髪、同じ肌、同じ目の色をしていると思いこみ、同じ神を信じていると思っているの。実際は言語も外見も宗教もばらばらなのにね」

　リタが言うと、ヘルマンも続けた。

「まあね。でも、ほとんどの日本人は神を信じていない、というのには驚いたな。生物も無生物も、神がいなかったら、どこでどう始まったのか、説明のしようがないじゃないか。目に見えるものだけじゃない。言葉だってそうだ。

　ある時期には、まったく新しい言語を創れば平等だ、という発想が生まれ、エスペラント語というものが考案された。でも、それも失敗に終わった。言語を創ることはだれにもできない。神にしかできないことなんだ」

ヘルマンは、なんでも知っているかのように自信たっぷりに話す。それにしても、金色の髪に、青い色の瞳。こんな人、いるんだ。本当に、なんだかびっくりだな。

すると、あたしの考えを見透かしたように、ヘルマンがこっちを見かえしてきた。

「二千三百十七箇所あるバベルの塔の中では、どこでもコントロールネットが切断されているんだ。ぼくたちは制御電波を制御する側の人間なんだから、自分たちが制御されるわけにはいかない。そのためには、演算なしでちがう言語を理解したり、互いのちがいを認識したりしなければならないんだ。もちろん、ちがいを認識しても、差別はせずに」

あたしはヘルマンの言葉にうなずき、次にリタのほうに向きなおった。

「リタ、よろしくね。女の子同士、なかよくしましょうね」

すると、リタは眉をひそめて言った。

「『女の子同士だから』っていう考えは危険だわ。男であるヘルマンを差別することにつながるもの。それと、せっかくパトワ語を教えたんだから、あたしには日本語じゃなくてパトワ語を使ってちょうだい」

あたしは、急いでパトワ語で言った。
「ええ、わかったわ」
どっちだっていい。今では、どっちの言葉も同じように使えるんだから。

その日からあたしはエリート集団の一員として研修を受けるようになった。

地球上の物質的なことは学校ですでに学びつくしていたから、研修期間のほとんどは、現存する言葉の習得に費やされた。「新種」の高度な能力をもってしても、一年で五百あまりの言語すべてをマスターするのはさすがにきつかった。七千もある時代だったらさぞかしたいへんだったことだろう。

研修が終わると、いよいよ「仕事」が始まることになった。内容はすごくシンプル。地球上のコントロールネットが正しく機能しているかどうかをチェックするだけ。

あたしは優秀なチェッカーだった。公正な目で要領よく人々の生活を見てまわった。日本の中で、だれも地球の統一を疑っていないことを確認すると、よその国のチェックにもまわった。中国、リビア、イタリア、トルコ、チリ、ブータン……どこへ行っても言葉に困らなかったのは、研修のおかげなのか制御電波のおかげなのかはわからない。でも、自分が何語を使っているのか意識することがなかったから、きっと電波のおかげなのだろう。それに、どこへ行っても、みな似たように見える。正直、端末のマップで確認しないかぎり、地球上はどこも同じ場所に見え、自分がどこの国（とされているところ）にいるのかもわからない。バーチャルだけでなくリアルでも地球は統一されている気がしてくる。

　でも、休みの日に「バベル」の本部――エリートたちの居住地――にもどると、そこではやはりヘルマンは白、リタは黒、あたしは黄色。そして、気むずかしいリタのために、あたしはパトワ語を使わなくてはならない。

　エリートになって二年の月日が流れ、あたしは十七歳になった。

誕生日というものに特に意味は感じない。でも、世界のおおかたの場所では、家族のだれかが誕生日を迎えると、みなでごちそうを食べたりプレゼントを贈ったりする。そのことを知ったとき、少し不思議な気持ちになった。もしあたしが「新種」ではなく、二歳で学校に入ることがなかったら今ごろ自分の両親と暮らし、今日祝ってもらっていたんだろうか。

でも、そういう暮らしがしたかったとは思わない。だれかの楽しい誕生日のためには地球全体の管理が必要なんだもの。あたしたちバベルの塔のエリートによる、完全な、世界規模のコントロールが。争いも差別もない世界で、幸せな人生を送る七十億の民のために。

そんなことを考えながら、あたしはいつのまにか町をはなれ、深い森の中に入っていった。森だって、どこの森も同じに見えるけれど、小川の清い流れの音や遠くに聞こえる小鳥のさえずりにはやはり心が癒される。

せせらぎの冷たい水に指先をつけると、ひんやりと心地よい風が吹いてきた。そのとき、対岸で小枝の折れる音がした。目をあげると、ひとりの老婆が驚いたような顔でこちらを見ている。そのとき、あたし自身も驚きのあまり立ちあがった。その老婆はどの人ともちがって見えたのだ。

彼女は、カラフルな美しい布を頭に巻き、黒くも白くも黄色くもない赤褐色の肌をしていた。目は落ちくぼんでいたけれど光を失ってはいず、骨ばった手の爪には装飾をほどこしている。竹で編んだような籠を持ち、その中は見たこともない果物でいっぱいだった。

あたしは、この地球上に自分の知らないものがあることに混乱しつつも、宝石のように見えるその紫色の実に心うばわれて、思わず話しかけた。

「それは、なんという果物ですか？　今まで見たことがないんですけど」

すると老婆の顔はたちまち恐怖でいっぱいになった。あたしは、一歩前に出ると、相手を落ち着かせるように、やさしく言った。

「あたしは907128花です。あなたと同じ地球人ですよ。あなたのパーソンコードは何番ですか？　わたしたちは同じコードで管理された……」

老婆は籠を取り落してさけんだ。

「×※△◎？&#◆○＊＊＋×÷！！！」

あたしも悲鳴をあげそうになった。

なぜ？　制御電波が働いていない!?　たとえそうであっても、あたしは現存する言語すべてをマスターしているはずなのに！

あたしはあせった。いったい何語を使えばこの老婆に通じるのだろう。

ともかく思いつくかぎりの言語で川ごしにあいさつを送ってみた。けれども、老婆はまるで化け物か異星人でも見ているかのように後ずさりし、やがてぱっと身をひるがえして木立の中に消えていった。

あとには、放り出された籠だけが残った。あたしはざぶざぶと小川に入って反対岸に渡り、紫色の実を調べた。やはり研修でも見たことのない植物だ。

この森はコントロールネットに不具合があるのかもしれない。確認して、バベルに報告しなければ。あたしは、老婆が消えた方向に向かって走り出した。が、そのとたん草の蔓のようなものに足がひっかかった。いきおいよくひっくり返って、何かに頭をぶつけたところまでは覚えているのだけど……

気がつくと、そまつなテントのような小屋に寝かされていた。

はっとして上体を起こすと、そばでさっきの老婆が何かスープのようなものを煮込んでいる。かまどは石を組んだだけの簡素なもの。その上に古びた鉄製の鍋がかかっている。

老婆の頭に巻かれた布は、近くで見るとますます美しくあでやかだった。虹色の地に金銀その他の色の刺繍がほどこされている。腰に巻いたスカートのようなものは群青の海のような深い青で、ビーズのような小さな宝石が縫い付けられている。

鍋からただよってくるあまりにもおいしそうなにおいのせいか、あたしのおなかがぐーっと鳴った。老婆がこちらを見て笑った。

老婆の名前はチャチャといった。パーソンコードは不明。すぐに調べてあげなければ。でも、その前にしなければならないのは、この人の使っている言語をつきとめることだ。あたしは、チャチャの厚意にあまえて、しばらくこの森に滞在することに決めた。

はじめは、ほかの言語のように、一日かそこらでチャチャの使っている言葉をマスターするつもりだった。ところが、どういうわけかうまくいかない。チャチャと簡単な会話ができるようになるまでだけで三日もかかってしまった。

それでも、身ぶり手ぶりを交えた片言の会話はなんだか楽しく、いつまでもこのままでいいと思えるほどだった。


一週間以上たって、チャチャのことが少しずつわかりはじめてきた。チャチャはなんと百一歳で、部族の最後の生き残りだった。巫女のような仕事をしていて、結婚したことがなく、天涯孤独で、自分の部族以外の人間についてはほとんど知らなかった。

部族のほかの人々がみな死んだりほかへ行ったりしても、チャチャはひとりでこの森に住み続けている。何年も、話をする相手もなくすごしていたときに、あたしが現れたらしい。

はじめは、見たこともないような肌の色をして、見たこともないような服装をしているあたしを見て、チャチャのほうが仰天して逃げだした。けれども、籠を取りにもどってみるとあたしが倒れていたので、介抱するために自分のテントまで引きずってきてくれたそうだ。あたしは小柄なほうだけど、百一歳のチャチャにしてみたらずいぶん重かったことだろう。

　チャチャとの暮らしは、世界のどこへ行っても経験できないものだった。こんな人はほかにいない。こんな場所はほかになく、着るものも、食べるものも、見たことがない。チャチャも、あたしをそんな目で見ていた。おそらく、チャチャの部族の言語は、使われなくなって久しかったため、コントロールネット上の演算システムからまるごと削除されてしまったのだ。その言葉を母国語とするたったひとりの……忘れられた存在とともに。それと同時に、その言語でしか表せないものもすべて演算システムから外された。チャチャとあたしが、互いのちがいを認識しあえるのは、そのためだった。

　あたしはバベルに帰るのを一日延ばしにしていた。いくら学んでも、チャチャの部族の言葉を知り尽くすことはできない。あたしは「新種」だから、一度おぼえた言葉を忘れることはないけれど、チャチャのほうは、若いころに使っていた言葉を——いや、日常の基本的な単語すら――ずいぶん忘れてしまっていて、記憶をたぐりよせるのに苦労している。

でも、チャチャが、言葉をひとつずつ思い出すのを待つのは楽しかった。日々新しい言葉を教わり、言葉がふえればふえるほど、まだまだ知らない言い回し、知らない単語がたくさんあることに気づかされる。チャチャも、あたしと話せば話すほど、忘れていた言葉を思い出した。そして、季節がめぐり、花が咲き、実がなり、料理をし、部族の思い出を聞き、ともに暮らし、会話をするごとに、言葉はどんどん豊かになっていった。

冬が来て、また春が来て、あたしがこの森に入ったのと同じ季節がめぐってきたころ、チャチャはだんだん弱って、寝込むことが多くなった。

そして、ある朝、チャチャはつめたくなっていた。

あたしは、深い穴を掘り、チャチャのなきがらを埋めた。チャチャが身につけていた部族の衣裳や装飾品は、このうえなく美しく見える。あたしはそのうえに土をかぶせた。いつのまにか、あたしの目から涙が流れていた。そのとき、あたしは気づいた。あたしはチャチャ自身を愛していたのだ。そのたぐいまれなる言葉とともに。そしてきっとチャチャもあたしを愛していた。肌も、髪も、声も、服も、何もかもが自分とちがうあたしを。

チャチャを埋めた場所には、墓石のかわりに木を植えた。初めて会った日にチャチャが籠に入れていた紫の実がなる木。

その実の名前は何だったか……。

あたしははっとしてその場に立ちつくした。あたしはその言葉をチャチャから聞いてはいなかった。大切な思い出のよすがであるはずの、その実の名前を。

チャチャの部族は文字を持っていなかった。チャチャが死んだ今、まだ教わっていない言葉を知ることはできない。あたしは永遠にその紫の実の名を知ることはできない。チャチャがそのくちびるでなんと呼んでいたのか。部族の子どもたちがその声でどう言っていたのか。未来永劫、知ることはない。

不完全なかたちであたしの中に残された言語は、もうだれの母国語になることもできない。システムから削除されずとも、言葉がひとつこの世から消えたのだ。神が創りたもうた美しい言語が。

あたしは、ひざまずいて祈りをささげた。

神に祈ったのは生まれて初めてだった。なぜ自分が祈り方を知っているのか不思議だった。けれど、ふと気がつくと、チャチャの言葉で、チャチャのように祈っていた。今となっては、あたし以外にはだれにも意味がわからない言葉で。

あたしは「新種」が神から託された本当のつとめに気づいた。それは「言葉」を絶やさず「保存」することだ。言葉は生物の「種」と同じ。絶滅したら二度と戻らない。忘れられた言語を復元することはできない。ましてや、新しい言語を創ることなど絶対にできない。ヘルマンが言ったとおりだ。言語は神にしか創れないのだ。そして、神が創った言葉は、人によってしか言葉でありつづけることはできない。

チャチャと食べた紫の実はいつもあたしたちのまわりにあって、ふたりきりの生活の中では名前で呼ぶ必要すらなかった。おそらく、言葉はより多くの人によって、より豊かになるのだ。多くの生活を、多くの人生を、多くの愛を分かち合うことによって、多くの人に使われ、さらに豊かになる。でも、今、言葉は逆のスパイラルをたどっている。

あたしは一年ぶりに端末を開いた。次々とメッセージがとびこんでくる。

ヘルマンからはドイツ語で、リタからはパトワ語で、ほかのエリートたちからは中国語や韓国語やスワヒリ語で。おそらくは、それぞれに、豊かで、奥深く、ほかに類を見ない固有の美しさを持って。

でも、コントロールネットで管理されたふつうの人々は、一生、母国語以外の言語を聞くことはない。自分たち以外の人々を知ることはない。神のわざの不思議を見ることはない。そして、能力にたより数時間で一言語をマスターするあたしたち「新種」は、演算をするコンピューターと変わらない。その行間にある目に見えないものを感じることはない。チャチャとあたしのように、時間をかけて理解し合い、認め合い、愛し合うことは、決してない。

「バベルの塔」の神話が本当にあったことだとしたら、神がそのときにしたことは罰ではなく恵みだ。何千種類もの言語！　まさに奇跡だ。けれども、七千の言語が五百になり、そしていつか本当に一つになってしまうかもしれないこの流れの中で、いかに多くの人がその恵みを――母国語を捨ててきたか。それぞれの文化や習慣とともに。やがて世界はもっとその色を失い、もっと単調で愛のない方向につき進むのかもしれない。

新約聖書の『ヨハネによる福音書』はこんなふうに始まる。

「初めに言があった。言は神と共にあった。言は神であった。この言は、初めに神と共にあった。万物は言によって成った。成ったもので、言によらずに成ったものは何一つなかった。言の内に命があった。」

（日本聖書協会『聖書　新共同訳』ヨハネによる福音書一章一～四節より）

世界は言葉とともに生まれ、言葉を命として生きている。
人類が言葉を失えば、それが一つの「世界の終わり」なのだ。

バベル。
神が人を分けた場所。あまたの言語の始まりとなった場所。
今も神はそこにいますか。
あたしたちは、どこへ向かえばいいのですか。
そこへ帰ることはできるのですか……。

銀河のものおくり

The Night of the Milky Way Train

5/10

「冗談じゃない！　おまえとは、まるで違う」

やつが立ち上がった勢いで、テーブルのコーヒーカップがゆらぎ、しずくがおれの革ジャンに散った。

店内の客の視線がこちらに集まる。やつもさすがにまずいと思ったのか、椅子に腰を下ろし、制帽を目深にかぶりなおした。そんな短気でよく車掌がつとまるもんだ。おれの心の声が顔に出ていたのか、やつはさらにくいさがってきた。

「おい、死神。よく聞け」

声は抑えているが、目はらんらんと光っている。

「おまえのやることは大ガマふるって、命を乱暴に断ち切るだけじゃないか。あとになんの責任も持ちゃしない。わたしの仕事は、魂がこの世を離れ、しかるべき場所にたどりつくまで導く責任があるんだ。安心安全、迅速、懇切丁寧に、乗客を無事に送り届けることが、車掌であるわたしの使命だ」

ちんけなキャッチコピーに「使命だ」のところが強調されていて、むかつく。まあ、だれにもありがたがられはしないが、おれだって、自分の使命を日々遂行しているだけだ。

「どういう言いまわしをしようが、つまりは人をあの世に送るってことだろ。おれとあんたの違いなんて、わかるやついないよ？」

「なんだと、まだ言うか！　おまえとわたしとじゃ、まるで仕事の質というものが……」

「まあまあ、車掌のだんな、落ち着いて」

紙おしぼりでテーブルをぬぐいながら、鳥捕りがのんびり言った。床に、鷺だの雁だのが押し葉になって詰め込まれたリュックが、どっかり置かれている。この鳥捕りも、おれや車掌と同じ、あの世とこの世のはざまに住む者だ。

「わっしはどちらの肩を持つわけじゃありませんけどね、ひとつ言わせていただくなら……」

鳥捕りはコーヒーをひと口すすって続けた。

「せんに、あちこちを旅して歩いていたときのことですが、『ものおくり』と称する儀礼に出くわしまして。これはまあ、熊などの命を取ったとき、その魂の再生を願って丁重に送る儀式をやるんです。つまり、送ることは、新たな形によみがえらせることだと言うんですな。それでひとつ、先代の鳥捕りに聞いた興味深い話を思い出しましてね。ときに、車掌のだんな。乗客の切符は、何色でしたっけね」

鳥捕りの言う乗客とはもちろん、時々便乗させてもらう、おれや鳥捕りみたいなものをのぞいた〝正規〟の乗客のことだ。

「ねずみ色だ」

「片道切符ですね」

「きまっている」

車掌はふんぞり返って答えた。それはそうだ。おれが魂を切り離した者たちなのだから、戻ってはこない。

「ところが、わっしの先代が、あるとき列車で乗り合わせた少年は、緑色の切符を持っていたそうです」

それを聞いて、車掌はハッとした顔をした。

「緑色の切符……往復切符か！」

「そうです。少年は生きたまま送られた。そうして、戻ってきた。儀礼の死を経験することで、新たな生を手にしたってぇわけです。どうです？　まるで、『ものおくり』じゃございませんか？　もし、死神のだんなと車掌のだんなの仕事に、違いがあるとしたら、そこじゃあないですかね」

　おれはうなった。話が本当なら、おれとの確かな違いだ。が、すなおに認めるのは、ちょっと悔しい。

「けどよお、それって、本当なのか？　ただのうわさじゃねえのかい」

「いいや、本当だ。少年は、あたかも生まれ変わったかのように生きたという。どうだ、死神。あの世に送るだけが、わたしの仕事ではないとわかったか」

　車掌はやたら興奮している。これまで忘れていたくせに。

「じゃあ、やってみせてくれよ」

「いいとも、やろうじゃないか。命を取るのでないなら、許可は必要ないだろう」

「ではまず、送る人間を選ばねばなりませんね。ああ、ちょうどそこに、おあつらえ向きに幽霊のような少年がいますぜ」

カフェの窓の外、街路樹の下に木枯らしに吹かれながら、中学生くらいの少年が、背をまるめて立っている。おれたちが店に入る前から、そこにいたのかもしれない。いかにも影が薄く、覇気がない。なにより生きている希望がさっぱり感じられない。そういうことは、おれたちには目を見ればわかるんだ。

「たしかに、まったく生気のないあの子はおあつらえ向きだ」

そう言って、車掌はふところから懐中時計を取り出した。

「ちょうど出発の時間だ。あの街路樹に天気輪を立て、汽車を呼ぼう」


ありえないできごとに、ぼくは腰をぬかしそうになった。

もたれていた街路樹が、いきなり猛烈に光ったんだ。光は街のネオンを突き抜け、空に噴きあがった。しかも、その光を目指すように、何かが上空をやってくる。汽車か？　ここは街中だぞ、スタバだぞ、どうするんだ!?

「ポォォォォ」

響き渡る咆哮。蒸気を巻き上げて、まっ黒な車体が迫ってくる！

あ、足が動かない……。

キィィ、プシュー。

目の前に汽車が停車した。

「銀河ステーション、銀河ステーション」

はぁ？

さあ、どうぞというように、ドアが開いた。

最後列の窓から体を半分乗り出すようにして車掌が、指さし確認をはじめた。ぼくと目が合うと、

「ご乗車のお客さまは、お急ぎください」

「え、いや、ぼくは……」

とそのとき、うしろから何者かに、ドンと体当たりされ、ぼくは車内に押し込まれてし

まった。

「発車オーライ」

えええ？

ドアがガチャリと閉まって、汽車は動き出した。

「ちーす」

ふりむくと、黒い革ジャンに鎖をじゃらじゃらつけた男が、こちらをガン見していた。ワカメのようにたれた髪のあいだから、とがった歯をむき出しにして、にかにか笑っている。

やばい、にがてなタイプだ。この手の人間を引き寄せることにかけて、ぼくは天才的だ。体中から、うまそうなにおいを発しているに違いない。ハイエナの前に投げ出された屍骸だ。ネコの群れに投げ込まれたネコ缶（中身）だ。

「まあ、すわんな」

ボックスの座席に腰かけ、男は自分の向かいを指さす。ぼくは言われるがままに、男の前に腰かけた。目の前の恐怖をとりあえず回避するための順応。身にしみついたいやな習性。

車内はがらがらで、レトロな木の背もたれのついた席は、ほかにいくらでもあるのに、ぼくは逆らえない。世界は二種類の人間でできていることに、ぼくはとっくに気づいている。搾取する人間と、される人間だ。さっきから男は、蛇のような目でぼくを見ている。ぼくから何を搾取する気なのだ。金か？　それとも、ほとんど残っちゃいない自尊心か？

「命よこせ」

いきなりの直球ストレート！

そのとき、ぼくのそばに、すっと影が立った。車掌だ。助かった。これでヘンなやつから逃げられる。

ところが、立ち上がろうとするぼくの腕を車掌は、がしっとつかんだ。

「切符を拝見します」

そんな暇ないし。だいたい、切符なんて買ってないし。

（助けて、殺される）

必死で口パク合図を送るも、ぼくの危機にまったく気づいてもらえないばかりか、車掌は執拗（しつよう）に、切符（きっぷ）の提示を求める。そんなものあるわけないと思いながらも、やみくもに上着のポケットをあちこちひっくり返す。

と、内ポケットに、手に当たるものがあった。出してみたら、四つに折ったハガキぐらいの緑色の紙だった。車掌（しゃしょう）がワカメ頭の男と目を合わせて、なぜか、にやりとした。

「南十字（サウザンクロス）に着くのは、次の第三時ころになります」

車掌（しゃしょう）は紙をぼくに戻（もど）すと、向こうへ去っていく。いや、待ってよ。

腰（こし）をあげようとしたとたん、別の人物が頭上におおいかぶさってきた。

「おや、こいつは大したもんですぜ」

ぼくの手にした緑色の切符（きっぷ）をのぞきこんだのは、大きなリュックをかついだ男だった。

「こいつをお持ちになりゃあ、なるほど、こんな不完全な幻想（げんそう）第四次の銀河鉄道なんか、どこまでも行けるはずでさあ」

男は荷台の網棚（あみだな）にむりやりリュックを押（お）し込（こ）むと、ぼくのとなり、通路側に、太った体をねじ込（こ）んできた。ああ、暑苦しい。ほかに席はいくらでもあるじゃないか。がらがらじゃないか。ぼくは席を移るタイミングを完璧に失った。だけど逆に、第三者がいるところでリカメの方は、ぼくに手を出したりできないだろう。少しほっとして、ズボンのうしろポケットから、無意識にスマホを取り出した。ラインのやりとりをする友人などいないけれど、いじっていると、「今、ちょっとコレなんで」感をかもせる。

「おい、おまえ」

まったくかもせてない!?

「いっぺん死んだほうがいいぞ」

ワカメの言葉に、ふたたび心臓は縮み上がり、バクバク音をたてはじめる。自分のどの行いが彼を怒らせたか、必死で思い出そうとするけど、さっき出会ったばかりだ。出会った直後に自分の何が彼を不快にさせたのだろう。「おまえの存在そのものが不快なんだよ」と、前にクラスメートから言われたことを思い出した。

「ぼっちゃん、鳥食べませんか？」

ボッチャントリタベマセンカ。となりの太った男が唐突にそう言った。みかん食べませんかというニュアンス？　ちょっと意味わかんない。

ぼくの返事を待つこともなく、太った男は立ち上がると、網棚に腕をのばし、さっきぎゅうぎゅう押し込んだリュックを抜き取った。

リュックの口をほどいて、布のつつみをひっぱり出した。つつみをくるくるほどくと、コンクリートの水路で見たことのある白い鳥が、ひらべったくなって、脚を縮めて並んでいた。

長い首を不自然に曲げて、黄色い目が薄く開いている。

「わっしは鳥捕りでしてね。どうです、少しおあがりなさい」

男は、鳥から細長い脚を引き抜いて、目の前につき出した。

さては、ワカメとグルだったのか。息のない鳥はそうとう気持ちが悪い。だが、退路は断たれた。一瞬のがまんだ。これまでだってずっと、そう、ずっと……。

ぼくはぎゅっと目をつぶり、息をとめて鳥の脚に舌をつけた。

「甘い……」

なんだ、お菓子だ。それにしても、なんてよくできているんだろう。鳥のお菓子は、さくっとして、口の中でほろりととける。いくらでも食べられそうだ。

窓の外ではススキが銀色に光っていた。そのあしもとに、むらさき色の花が星のように散らばっている。ススキの向こうに川が見下ろせる。水底に色とりどりの石が敷き詰められていて、その上を澄んだ水が流れる。夢のように美しいって、きっとこういうのを言うのだろう。

「つぎは白鳥の停車場、白鳥の停車場」

アナウンスが聞こえた。

汽車が停まるみたいだ。降りたほうがいいのだろうか。でも、知らない場所で降ろされてもどうしていいかわからない。なにより、ぼくはこの景色をもっと見ていたい。

命よこせだの、死んだほうがいいだの、物騒なことを言っていたワカメは、あれからなにも言ってこない。足と腕を組んで、うとうとしている。ぼくは、となりの男にそっときいてみた。

「この汽車は、どこまで行くんですか」

鳥捕りはにっこりして答えた。

「ぼっちゃんの切符なら、どこまででも行けますよ」

「で、おまえはどうしたいわけ？」

ドキッとした。眠っていると思ったワカメが、じっとりとした目で、こちらを見ていた。

「このまま一生、死んだように生きていくのか。それとも、いっぺん死んだことにして、もう一度生き直すのか」

言われた言葉が、ぼくの胸の中で、カラカラところがった。


通路でにぎやかな声がしてきた。女の人のうしろから、子どもたちが歩いてくる。赤や青や黄、体のわりに大きなランドセルを背負って、みんなといっしょなのが、楽しくてしょうがないという顔で。

さっきアナウンスのあったプラットホームに、汽車はいつの間にか到着し、発車したのだろう。

子どもたちが四人ずつ、向かい合わせの席に腰かけ、ひざの上にランドセルを置くのを待って、女の人がささやくように声をかけた。

「みなさん。ほかにもお客さんがおられます。静かにできますか？」

「はい、先生！」

子どもたちがそろって、むっと口を閉じた。けれど、たちまち、口のはしからぷっと空気がぬけ、くすくす笑いがさざ波のように車内に満ちた。

ぼくたちの向かいに、先生といっしょに腰かけた女の子たちが、こちらにきらきらした目を向けてくる。ワカメがすました顔で、すっと片手をあげた。ピース？　女の子たちがほおを赤くして、くっくと笑った。

「おや、ラムネのにおいがしますね」

ああ、そうだ。鳥捕りが言うとおり、さっきからかすかにラムネのにおいがしていた。

客室のドアが開いて、車掌が四角い木箱をガチャガチャいわせながら、重そうにかかえて入ってきた。

「ええ、このラムネは、そこのおじさんからみなさんへプレゼントです」

車掌が指さしたのは、なんとワカメだった。

わっと歓声があがった。

鳥捕りが、栓の抜かれたラムネビンを配る。

「さ、ぼっちゃん」

ラムネビンは、冷えてまわりに水滴をつけていた。ビンの口からかすかに、きららかなにおいが立ち上がる。軒先で、夏の日差しにゆらめいていたビニールプールの水の色。ぼくの人生のいちばんはじめの記憶。

「さ、死神のだんな」

(え?)

シニガミノダンナは、うまそうにラムネを飲み干すと、ぼそりと言った。

「おれだってな、なんかしてやらなきゃ、たまらん時もあるんだよ」

ふと、気がついた。この子たちが歩いてきた通路は、水をまいたように濡れている。

鳥捕りが先生に話しかけた。

「だいぶひどかったですかね」

「水が早くて……助けようとしたのですが、間に合いませんでした」

先生はかたわらの女の子の、ひたいにはりつく前髪を、そっとかきわけてやった。


いくつかの駅を過ぎ、透き通った無数の氷の粒のようにきらめく水面を、汽車は走る。窓からの光が、乗客の横顔を青白く照らす。もうだれも、一言もしゃべらない。

「終点、南十字、南十字」

アナウンスを聞いて、先生が立ち上がった。子どもたちも立って、それぞれ、だまったままランドセルを背負いはじめた。色とりどりのランドセルが花のように、ゆっくりと通路を進む。振り向きもせず、ひとりずつ流れるように列車を降りていく。

ぼくは胸に強烈な感情が押し寄せるのを感じた。

なんで泣いているのか、自分でもよくわからない。でももう、ぼくはずっとずっと悲しかった。たぶん、生まれてはじめて、ビニールプールの水がきらめくのを見たときから。生きていることが愛しくてたまらないと感じた瞬間、そのことを失うのが恐くて、悲しかった。

みんなが下車し終わると、死神と鳥捕りが立ち上がった。

リュックを背負った鳥捕りの、大きな背中が客室の扉を抜ける。死神の黒い革ジャンがつづく。ぼくは立ち上がり、ふらふらあとを追った。

突然、がらんとした車内に電子音が響いた。

「電話？　え、このタイミングで？」

乗車口のドアステップに足を下ろす直前、ぼくは反射的にスマホを取り出した。

着信にあらわれた名前は、ぼくに、存在が不快だと言ったクラスメートだ。鳴り響く着信音をなんとかしたくて、つい、通話をタップしてしまった。

「おい、てめえ、なにやってんだ！」

思い出した。今日、スタバの前で彼らと待ち合わせをしていたんだ。もちろん、楽しく遊ぶためではない。そんな友だち、ぼくにはいない。呼び出されたのはいつものように、都合よく使われるため。

「いつまでもおれたちを待たせてんじゃねえ。ふざけんなよ！　すぐ来い、今、すぐだ！」

「あ、ごめ……すぐ……」

死神がちらりとこっちを振り向く。ぼくは、がなりたてるスマホを、耳から離した。

こんな人生を送るために、ぼくは生まれてきたのか？

ひと呼吸して、にぎりしめたスマホに声を送った。

「ぼくは、死にました」

そう告げて通話を切ったスマホを、ぼくはプラットホームになげた。

死んだ気で生きてやろう。

それで、これからどうなっていくか分からないけど。

目の前で、ガチャリとドアが閉まり、汽車は動きはじめた。

窓の外で、死神が片手をあげている。ピース。

遠くなる意識の中で、アナウンスを聞いた。

「この列車は折り返し、銀河ステーションに向かいます……」

「なるほどねぇ」

おれはたばこの煙といっしょに、ため息を吐いた。カフェの喫煙室で、おれと車掌と鳥捕りとで顔をよせ、先日の往復切符の少年について語り合った。

「車掌、あんたの言うとおり、命を取るだけのおれの仕事と、魂を送り届けるあんたの仕事は、ちょっと違っていたな」

正直、おれはあの少年に少しばかり、いや、大いに心動かされたんだ。その後、おせっかい心を働かせて、こっそりのぞきに行って見た彼の目は、もう死んじゃいなかった。

「いや、あの少年に、わたしはとくに何もしちゃいない。汽車に引き込んだだけで」

車掌のやつ、がらにもないすなおな態度を、けほけほと、煙にごまかしているのが丸見えだ。

鳥捕りが吸殻を、喫煙台の灰皿に落として、リュックを背負った。

「商売道具ににおいがついちゃいけない。出発まで、わっしはあちらでコーヒーでも飲んでいまさあ」

暮れはじめた街のどこかで、もうじき天気輪が立つだろう。

あなたは美しい

Snow White

6/10

昔の、ある冬の日のことでした。

お城の石造りの窓にすがりつくようにして、白雪姫は外を眺めていました。

空は灰色の霧のようでした。そして、その空の下では黒々とした森がどこまでも遠く広がっています。

一方、広間の暖炉では大きな薪が惜しげもなく焚かれ、楽しげな音楽と笑い声がさざめいているのでした。

白雪姫は、小さなため息をつきました。

今朝、王子は北の国に公用で出かけていきました。

しきたりで、白雪姫が同行することはできませんでした。王子と幸せな結婚をしてからしばらく経っていましたが、離れて暮らすのは初めてです。それに、このお城の中で王子の他に親しく話せる人はまだいません。

笑顔で王子を見送りましたが、白雪姫の胸の底では不安と寂しさが湧き出していました。

すぐに戻る、と、出発前に王子は白雪姫を抱きしめました。そして、結婚するときに二人で交わし合った虹色の指輪をはめた左手で、白雪姫の頬を撫でてから旅立って行きました。

窓の外を見ながら、白雪姫は自分の左の薬指を触りました。そこには王子のものと同じ虹色の指輪の滑らかな手触りがありました。指輪が作られた虹色の石は、世界中でただひとつしかない石とのことでした。森に住む七人のこびとたちが、自分たちの宝にしていたこの石を二つの指輪にして、白雪姫と王子の結婚の贈り物にしてくれたのです。

白雪姫は指輪を撫でながら、眼下に広がる森を見つめました。

まだ王子と結婚するずっと前のことですが、白雪姫は新しくいらしたお母様によってお父様の城から追い出されました。そして、この広い森の中で途方に暮れていたときに助けてくれたのが、森に住む七人のこびとたちだったのです。

こびとたちは白雪姫を自分たちの家に迎え入れ、白雪姫がお礼に作った料理を喜んで食べてくれました。それはとても嬉しいことでした。新しいお母様は、白雪姫の作った料理を決して口にしませんでしたから。

白雪姫は料理が好きでした。ですから、お父様のお城にいた頃、厨房の料理長から料理を習っていました。上手くできると白雪姫は作ったばかりの料理を新しいお母様のお部屋に持っていったものです。でも、新しいお母様は一度もめしあがりませんでした。

――あら、毒入りなのかしら？

と、いつも、さらりと言われるのです。

――どうして毒なんて入れるんです？

白雪姫は首を傾げました。人の食べる料理に毒を入れるなんて想像もできません。

――わからないのね。おまえのそういうところが大嫌いよ。

新しいお母様は美しい眉をつりあげました。

――毒を食べさせたくなる気持ちを、いつか、おまえもわかるようになればいいのに。

濃い紅のついた唇が刺々しい言葉を吐きました。

白雪姫は胸が痛くなって目を逸らしました。

新しいお母様の背後には、金細工の蔓草で縁取られた楕円形の大きな鏡が見えました。その鏡は、新しいお母様がお城に来られるときに持っていらしたものです。召使いたちは、真実を告げる魔法の鏡だと気味悪そうに噂していましたが、白雪姫の目にはどこにでもある大きな鏡のようにしか見えませんでした。

その新しいお母様も、今では亡くなられていました。

ふと、呼ばれたような気がして、白雪姫は我に返りました。窓から見える灰色の空がずいぶん暗くなっています。

「あなたはいつ見ても美しいわね。白雪姫」

楽しげな音楽の中、ひとりの奥方様のにこやかな声がしました。

白雪姫は振り向くと、急いで窓から離れ、ドレスを引いて淑やかに挨拶をしました。

奥方様たちが集まってきました。そして、白雪姫の美しさを口々に誉めるのです。

たちまち、笑いさざめきが、陽気な音楽のように奥方様たちから流れ出しました。

そういえばこのお城はにぎやかです。王子の父君や母君は人を招くことがお好きなようでした。白雪姫が育ったお城では、お父様がお客を嫌いましたので、外から誰かがいらっしゃることはなかったのです。お城はいつでもひっそりとしていました。

楽しげな奥方様たちに囲まれて、白雪姫の気持ちも明るくなってきました。

奥方様たちも十分に美しいのです。整ったお顔に艶やかな髪を結い上げ、あざやかなドレスを着た様子は、まるで薔薇や百合が一度に咲いたような華やぎがありました。

「奥方様もお美しゅうございます」

白雪姫は心から嬉しく思って言いました。

「本当に素直で愛らしいこと。……それにしても」

と、扇に指を添えた奥方様がにこやかに微笑みました。

「王子様はとうとう北の姫君とは結婚なさらなかったわねえ」

「北の姫君様？」

白雪姫の胸が、ざわりと音をたてました。初めて聞く話です。

あらあら、と、奥方様は唇だけで笑いました。

「王子様の従妹姫様よ。ほら、今、王子様が行っていらっしゃる北の国の。私たちはお二人が幼い頃からお似合いだと思って見ていましたのよ。あなた、ご存知なかったの？」

白雪姫は目を大きくしました。王子にそんな女性がいたなんて知りません。

あの、と白雪姫が訊きかけると、奥方様たちは互いに目と目を見合わせました。そして、踊りましょうか、と微笑みを交わしながら、白雪姫から離れていきました。

――従妹姫様のほうが美しいわよねえ。

――王子様はなぜ白雪姫を選んだのかしら？

という、ひそひそとした声が妙にはっきりと聞き取れました。

白雪姫は立ちすくみました。そして、左指にはめた虹色の指輪をもう一方の手で握りしめました。その瞬間でした。広間の壁に掛かった大きな鏡に気づいたのです。

（――私は……）

白雪姫は、鏡に映った自分の姿から目を離すことができなくなりました。

自分が人よりも美しいかどうか、など、今まで考えたこともなかったからです。

その夜、白雪姫は自室の鏡の前で、髪を何度もとかしたり編んだりしていました。

（今頃、王子はなにをしていらっしゃるのかしら）

そう思うと、胸が抉られるように痛くなり、息が苦しくなります。

美しい従妹姫と王子が楽しげに語らっているような気がしてなりません。従妹姫より美しくない自分のことなど、王子から忘れられてしまうような気がしました。


翌朝、七人のこびとたちがお城に来ました。

白雪姫が結婚してからは、こびとたちは時々こうして訪ねてくれるのです。そして、部屋に用意された茶器で白雪姫がお茶を淹れると、こびとたちはいつも喜ぶのでした。

「姫が淹れるお茶は、本当に美味しい」

口々にそう言いながら、こびとたちは嬉しそうにカップに口をつけました。

こびとたちが来てくれてよかった、と白雪姫はほっとしました。気持ちが落ち着きます。

白雪姫は微笑みながら、お代わりのお茶を注ぐためにティーポットを手にしました。

ふと、部屋の中の鏡に目が留まりました。白雪姫はティーポットを持ったまま、鏡に映る自分の姿を見つめました。

こびとたちが白雪姫と出会ったときのことを話しています。

「小屋のベッドで眠っているのを見たときはね、こんなに美しい姫がいるのかと思った」

という感慨深そうな声。

そうだったね、美しかった、という相槌。

「そして、王子様も、おれたちに言ったんだ。この美しい人を私に下さい、って」

という嬉しそうな声。

白雪姫の耳の奥が鳴りました。

（美しい……）

美しい従妹姫と楽しげに語らい、帰国を忘れる王子の様子が心に浮かんだとたん、胸の内側をがりがりと引っ掻かれるような気がしました。

（いや……！）

白雪姫は首を横に振り、叫ぶようにしてこびとたちに訊きました。

「ねえ、私は美しい？　誰よりも？」

その場が、しんとなりました。こびとたちはびっくりしたような顔をしています。お茶をこぼしたこびともいました。

「美しいよ。でも、急にどうしたんだい？」

ひとりのこびとが不思議そうに答えました。他のこびとたちも頷いています。

「……ありがとう」

白雪姫は息を吐き、ティーポットをテーブルに置きました。美しいよ、と言われて、ほんの少し気が休まったからです。


その晩、白雪姫は、自室の鏡の前に立っていました。

何枚ものドレスが足もとに落ちています。何度もとかしたり編んだり、ほどいたりした髪は、ばさばさに乱れていました。

美しいよ、と言ったこびとの言葉でほっとしたのも束の間で、今は不安でたまりません。

「ねえ、私は、美しい？」

白雪姫は鏡に訊きました。

（お願い。私を安心させて！）

鏡にドレスを投げつけると、白雪姫は両手で顔を覆いました。

そのときです。新しいお母様が持っていた鏡を思い出したのでした。お城の召使いたちが真実を告げる魔法の鏡だと噂していたあの鏡のことです。

新しいお母様は魔法の鏡によく訊いていたそうです。

――鏡よ、鏡。この世でいちばん美しいのは誰？　と。

そして鏡は人間の言葉で答えていたそうです。

――この世でいちばん美しいのは、白雪姫、と。

白雪姫は目を見開きました。

今こそ、魔法の鏡のその言葉を聞きたいと思いました。そうすればこの苦しい不安はすぐにしずまるはずです。

白雪姫は顔を上げました。そして、すぐに立ち上がって部屋を横切ると、そっと扉を開けました。廊下は窓からの月光で明るく、一面に低く霧がたちこめていました。

「魔法の鏡の場所はどこ？」

白雪姫が呟くと、霧がすっと動き、長く伸びた一本の白い道を作りました。


白雪姫は霧の道へ足を踏み入れました。

足首に霧が冷たく触れました。魔法の鏡が呼んでいるような気がします。一歩、二歩と進んでから、白雪姫は息を詰め、霧の道を走り出しました。城や街を抜け、森へ。石も草も土も踏む感触はなく、木々の枝に腕や足を引っ掻かれることもありません。

不意に足の裏に、土を踏む感覚が戻りました。

はっとして顔を上げました。目の前に、木と藪と蔦に埋もれかけた小屋が建っています。

（ここなの？）

白雪姫は小屋の扉に近づくと、目の高さにある小窓から中をのぞきこみました。

中は暗く、いくつもの薄青い火が、ゆらゆらと揺らめきながら灯ったり消えたりしています。その淡い光の中、見覚えのある金細工の蔓草で縁取られた、あの魔法の鏡が壁に掛かっている様子が見えました。

白雪姫は息を吐きました。そして小窓から後ずさり、周囲を見渡しました。

真っ暗な森の中です。扉には、亡くなった新しいお母様の紋章が刻まれていました。

そういえば、新しいお母様は森の中に、魔法を使うための離れ小屋を持っていたという噂を聞いたことがありました。

（……魔法の鏡のもとに行かなければ）

白雪姫は深く息を吸い、扉をそっと押しました。低い軋んだ音をたてて扉が開きました。

中に入ると、朽ちた木と湿った草の匂いが流れ、床にゆらめく火が大きくなりました。

白雪姫は息をひそめて歩きました。部屋はそう広くなく、すぐに魔法の鏡の前に行けました。鏡は黒いガラスのようでなにも映っていません。

手を近づけると、鏡の中が大きく渦を巻きました。まるで、魔法の鏡が白雪姫の言葉を待っているように思えました。

白雪姫は鏡を見つめました。そして問いました。

「鏡よ、鏡。この世でいちばん美しいのは誰？」

答えがありました。まるで男と女が暗い谷底で奇妙な叫び声をあげているような声でした。

「国中でいちばん美しいのは、あなた。白雪姫」

白雪姫は口を手で覆いました。

（ああ、来てよかった……）

心の中に、ひさしぶりに嬉しい気持ちが起こったとき、魔法の鏡が言葉を続けました。

「けれども、北の国の若い姫君は、白雪姫よりもずっと美しい」

白雪姫は目を見開きました。

鏡の中に、輝くように美しい姫が映ったからです。月の色をした淡い金の髪、透き通るような肌、青い瞳。口もとは優しげで、ほっそりとした腰に銀の帯を巻いていました。

白雪姫は床に膝をつきました。

こんなに美しい姫君のいる国に、今、王子はいるのです。

白雪姫は俯くと、両手で顔を覆いました。


しばらくしてから、白雪姫は顔から手を離しました。

いくつもの薄青い火が部屋の中を淡く照らしています。太い木の枝が窓から部屋の中に入り込んでいました。枝にはリンゴがたくさん実っています。部屋の片隅に炉があり、錆びた鍋が吊るされていました。緑色の粉が口から見えている大きな麻袋もありました。

部屋の中央にあるテーブルの上には、一冊の本が開かれたままになっています。

白雪姫はテーブルの上の本に近づきました。

茶色くなったページの上に、骨になったネズミとひとつのリンゴがありました。

白雪姫は、はっとしました。リンゴにはネズミがつけたような小さな齧り痕がついていたのです。

ネズミの骨を指でそっと横にやると、白雪姫はページの文字を見ました。毒リンゴの作り方、と書かれています。

(毒リンゴ……)

呟きながら壁に掛かった魔法の鏡を見ると、美しい従妹姫がまだ映っていました。

(この姫さえいなければ……)

白雪姫は鏡を見つめながら、リンゴを手に取りました。

――毒を食べさせたくなる気持ちを、いつか、おまえもわかるようになればいいのに。

昔に聞いた、新しいお母様の声が、あざやかに聞えたような気がしました。

何日か経ちました。炉には青い火が燃え、吊るされた鍋の中では緑色に染まったリンゴが煮えています。白雪姫は目を見開きながら、鍋の中を大きな木匙で丹念にかき回していました。時々、鍋から、沼の底の泥を煮詰めたような匂いが噴き上がりました。

(……毒リンゴ)

白雪姫は呟くと、木匙で緑色の毒リンゴをすくいあげました。すると、毒リンゴの色がたちまち、赤くて美味しそうなリンゴの色に変わりました。

白雪姫は毒リンゴをテーブルに置きました。

テーブルの上には、完成した毒リンゴや、窓から部屋に入り込んでいる枝からもいだ、まだ毒にしていないリンゴが山のようになっていました。

あれからずっと、白雪姫は毒リンゴを作り続けています。

——鏡よ、鏡。この世でいちばん美しいのは誰？

と、魔法の鏡に訊くたびに、魔法の鏡が告げる美しい姫が増えていくからでした。そして、今ではもう魔法の鏡は、白雪姫を美しいとはひとことも言わなくなっていました。

白雪姫は、まだ毒にしていないリンゴをひとつ鍋に入れました。

魔法の鏡が、美しい姫たちの姿を映すたびに不安で押しつぶされそうになります。でも、これらの毒リンゴを口にした美しい姫たちが、次々と倒れては永遠に眠ってしまう様子を思い浮かべると、ひりひりした心の底で、ほんの少しだけ安心したような気持ちが生まれるのです。ただそれは、なぜかすぐに心の中から消えてしまう安心感でした。

（この世でいちばん美しいのは、私……）

白雪姫は呟きながら木匙で鍋をかき混ぜました。そして、姫たちが毒リンゴを口にしたときの様子を必死で思い浮かべ続けるのでした。

（もっとたくさん毒リンゴを作らなければ……）

白雪姫は木匙を持つ手に力をこめました。

時折、小屋の外から、七人のこびとたちがなにか呼びかけているような声が聞こえるときもありました。ですが、白雪姫は振り向きもせずに、毒リンゴを煮ている鍋を木匙でかき混ぜ続けました。


そんなある日のことでした。白雪姫の耳にはっきりとした音が聞こえました。

誰かが小屋の扉をノックしています。静かな礼儀正しいノックとともに声がしました。

「扉を開けてほしい。白雪姫」

白雪姫は、はっとして、鍋をかき混ぜる手を止めました。

まちがいなく王子の声です。

木匙を鉤に引っ掛け、扉に近づくと小窓の外に光が見えました。扉の向こうでは、濃くたちこめていた霧が晴れ、なつかしい王子が立っていました。王子はひとりでした。あの日、白雪姫を抱きしめて出発したときと同じ旅装のままです。

「こびとたちが知らせてくれた。そしてここへの道を教えてくれた」

王子が言いました。左指には、あの虹色の指輪がありました。

白雪姫は自分の指にはめている同じ虹色の指輪を思い出しました。思わずもう一方の手で左指を探ると、つややかな指輪の手触りがありました。

扉の向こうから、王子が言いました。

「ここを開けてほしい。そして、私と一緒に城へ帰ろう」

白雪姫は息をのんで後ずさりました。そして首を横に振りました。

「いやです」

「なぜ？」

「……私は、北の国の姫君ほど美しくありません」

白雪姫は俯くと、目を固く閉じました。

王子の声を聞いたとたん、毒リンゴを作り続けていた自分が急に恐ろしく、恥ずかしく、みじめなものに思えてきたのです。

「どのような噂を聞いたのか？　私はあなたと一緒にいたいと思ったから、あなたと結婚したのだ。あなたはそうではなかったのか？」

王子の声は静かでした。

「そうでした。でも」

白雪姫は涙ぐみながら、首を横に振りました。

「姫、私にとって、あなたは美しい」

美しい、という言葉が心に刺さりました。

「いいえ、私は……ちがいます。魔法の鏡は、私のことを美しいとは言いません」

白雪姫は顔を両手で覆いました。

テーブルの上にはたくさんの毒リンゴがあります。

「姫、あなたは、どちらを信じるのか。魔法の鏡か？　私か？」

王子に問われました。白雪姫は首を何度も横に振りました。

「……私は、美しい姫たちの不幸を願って毒のリンゴを作りました。私に美しさはありません」

白雪姫は王子に告げると、震える右手で、左指にはめていた指輪を抜き取りました。

微かな音がしました。王子が扉に手で触れたようでした。

「姫。だが、私はあなたを愛している。どうか私を信じてほしい」

白雪姫は首を横に振り続けました。この手で毒リンゴを作り、美しい姫たちがいなくなればいいと願い続けた自分のみじめさを思いました。白雪姫のことを美しいと言わなくなった魔法の鏡は正しかったのです。

それなのに王子は、愛している、と言ってくれました。

白雪姫はかたく目を閉じました。王子の言葉が耳の奥で響きます。でも、王子の言葉をどうして信じることができるでしょう。

「信じられません。信じかたがわかりません……」

白雪姫は涙を流しました。

姫、という王子の呼びかけがありました。

「あなたの後ろにあるテーブルのリンゴは、全て毒のリンゴなのか？」

「いいえ」

「では、あなたが選んだリンゴをひとつ私に渡してほしい」

きっぱりとした王子の声でした。

白雪姫は泣きながら、テーブルの上のリンゴを見ました。

そして、気づきました。

自分が不安でしかたなく、毒のリンゴを作り続けたのは、王子に愛されたいからでした。

ですから、他の姫たちの美しさを妬み、彼女たちの不幸を願って毒リンゴを作っていたのです。……王子がいなければ、この不安から解放されるでしょうか。

白雪姫は、震える手で、テーブルの上のリンゴをひとつ選びました。

「それをここに」

王子の声がしました。

白雪姫は、扉の小窓からリンゴを差し出しました。王子はリンゴを受け取りました。王子の左指で虹色の指輪が微かに光りました。

王子は白雪姫をまっすぐに見ました。そして、リンゴをひとくち齧り、飲み下しました。


白雪姫は目を見開きました。すぐに力をこめ、扉を大きく開け放ちました。

森の木の匂いを帯びた風が吹き渡りました。

まぶしい光が射す中、王子はそこに立っています。

「なぜ食べたのです？　私が毒のリンゴを渡すとは思わなかったのですか？」

と、白雪姫は震える胸を押さえて訊きました。

「私はあなたに賭けた。あなたを信じていたからだ」

王子は白雪姫にまっすぐ目を向けて言いました。

「だから、姫、あなたも私に賭けてほしい」

白雪姫の頬を涙が伝い落ちました。そして、自分の右手を強く握りました。

抜き取ってしまった虹色の指輪がそこにありました。

「……あなたに賭けます」

王子に誓い、白雪姫は指輪を再び自分の左指にはめました。

そのとき、大きな音が地を走り、白雪姫の背後を風が一度に吹き抜けてゆきました。振り返ると、小屋はあとかたもなく消え、陽がまぶしく射す明るい木立があるばかりでした。

「城へ」

王子が微笑んで手を差し出しました。

「ええ。お城へ」

白雪姫は頷き、差し出された王子の手に、手を重ねました。

パペット

Torokko

7/10

初めてひとりでここへ来たあの日のことは、今でもよく憶えている。

あの日、なぜそんなことをしようと思ったのかは、自分でもわからない。でも、何をしたかったのかは、はっきりしている。

世界の果てが見たかったんだ。

この世界の果てがいったいどうなっているのか。それを確かめたかった。

町の中心にある工場。そこから外に向かって伸びているレールの上を、ぼくはただ歩いていった。そうすれば、世界の果てにたどり着けるはずだ。幼い頃のぼくは、そう考えた。

そしてここで出会ったんだ。

あの奇妙なパペットたちに――。

もちろん、それまでにもパペットを見たことはあった。工場には大勢のパペットが働いている。そのことも知っていた。

子供は工場へはなかなか入れてもらえないけど、それでも見学はあった。そのときにパペットたちが働いているエリアに入ったことがある。

パペットは、生き物じゃない。工場で作られるいろんな機械と同じようなものだ。でも、生き物のように自分だけで動くことができるし、命令されたことを理解することもできる。命令していろんな仕事をさせることができる。

もちろん、なんでもできるわけじゃない。たとえば、パペットは工場から出ることはできない。

見学でもそう教わった。

だから、工場からずいぶん離れたこんなところでパペットを見かけたときは驚いた。

だってここは、工場から外に向かって伸びた線路の終点――つまり、世界の果て――なんだから。

それにしても変なパペットたちだ。

ぼくはまずそう思った。

工場で見たパペットはどれも同じ形をしていた。ところが、そのパペットたちは違っていた。細くて背の高いパペットとずんぐりした背の低いパペットなんだ。

そして、驚いたのはそれだけじゃない。なんとそのパペットたちは、ぼくに気づいて声をかけてきたんだよ。

「おーい、そこの君」

背の高いパペットが手を振ってそう言った。

「ぼくのこと？」

ぼくはこわごわ聞き返した。

「驚いたな」

ずんぐりしたパペットがそんなことを言ったから、ぼくはもっと驚いた。

「君、言葉がわかるのか？」

背の高いパペットにいきなり尋ねられたから、あっけにとられながらぼくは答えていた。

「そりゃ、わかるよ」

すると背の高いパペットが、ずんぐりしたパペットに言った。

「どこかで言葉を学習したらしいな」

「たぶん工場だろう。ということは、あの自動工場はまだ稼動（かどう）してるってことか」

ずんぐりしたパペットが答えた。

「それなら、必要なものを調達して、ここから脱出（だっしゅつ）できるかもしれないぞ」

「ああ、希望が出てきたな」

そして、背の高いパペットがぼくに言った。

「君、このレールの先には、工場があるのかい？」

なにがなんだかわからないまま、ぼくはうなずいていた。

「今もコマンドは有効かな？」

ずんぐりしたパペットがそう言いながら、掌（てのひら）に載（の）せた小さな板みたいなものの上で指を動かすと、その板は光と音を出した。

聞いたことのある音だった。工場の中の機械やパペットが出している音だ。

「よし、反応があった。まだ工場は動いてる」

ずんぐりしたほうが言い、背の高いほうがうなずいた。

それからしばらく、彼らは何かを待っていた。

何を待っていたのかは、すぐにわかった。工場から伸びているレールの上を小さな自走車がこっちに向かって走ってきたんだ。

工場の中でいろんなものを運ぶのに使われている自分で走る箱型の車だ。

レールの終点まで来ると、それは止まった。

パペットたちのさっきの操作でここまで来たとしか思えない。

現に彼らは、自走車の中を見てこんなことを言っていた。

「いいぞ、これだけあればカプセルを修理できる」

「この先にあるマス・ドライバーのレールを射出装置に使えば、脱出速度は得られるだろう」

「軌道上に出さえすれば、母船が拾ってくれる」

もちろんそのときのぼくには、彼らが何を喋っているのかなんて、まるでわからなかったんだけど。

彼らは話し合いながら、何かを出して食べた。

細長い棒みたいなものだ。

ぼくがそれを見ていることに気づくと、同じものを一本差し出して、かじるみたいな身振りをした。

パペットの食べ物？

首をかしげながら、でもちょっとかじってみた。

甘かった。こんなに甘いものを食べたのは初めてだ。

甘いだけじゃない。なんだかもっといろんな味がした。でもどう言えばいいのかわからない。ひとことで言えば、すごくおいしかった。

食べ終わってから、彼らは自走車が運んできたいろんなものを背負ったり抱えたりし始めた。どうやら別の場所に運ぼうとしているみたいだった。彼らだけで運ぶには重そうだった。さっき食べ物をもらったこともあって、ぼくもひとつ袋を背負ってみせた。

「おっ、手伝ってくれるのかい」

「すまんな」

彼らが嬉しそうに言うので、なんだかぼくも嬉しくなった。

それから、草をかきわけて歩き始めた。

線路が終わっているまだその先へ。

いったいどこに行くんだろう。

わからないままぼくは荷物を背負ってついていった。

前方にあった小さな丘を回り込んだところで、それが見えた。

それは、レールだった。

あのレールは、あそこで終わりじゃなかったのか。なぜ途切れていたのかはわからないけど、本当はまだまだ続いていたんだ。

つまりさっきまでぼくが世界の果てだと思っていたところは、世界の果てなんかじゃなかった。

線路の向こうにはまだ丘があって、そしてその向こうにはまだレールがあったんだ。

レールはずっと先のほうで大きく持ち上がって、空に向かって伸(の)びているように見えた。

空まで続く橋。

虹(にじ)よりも大きな橋だ。

「昔はね、あの工場で作ったものを、このレールを使って加速して、軌道(きどう)上に打ち出していたんだよ」

背の高いパペットが言った。

「でも、いろいろ事情があって、親会社がこの惑星(わくせい)の開発から手を引いたんだ。そのときに、打ち上げ用のカタパルト――加速して打ち出すためのこの仕組み――と工場をつないでいた部分のレールを撤去(てっきょ)したらしい。誰(だれ)かに勝手に使用されないようにね」

「おいおい、この子にそんなことを言っても、わからないだろう」

ずんぐりしたパペットが言った。

「今わからなくても、あとでわかるかもしれないだろ」と背の高いパペット。

「しかし、閉鎖(へいさ)したはずの自動工場がまだ動いてて、この惑星(わくせい)の動物が工場を中心にして文

明を築いてるなんて」

「おまけに、言葉が通じるとはね。ロボットたちが使ってる言葉を学習したのかな。あの工場のは、人形と呼ばれてるんだったっけ」

「なんにしてもすごい学習能力だよ。もしかしたら我々なんかより、ずっとすごいのかもな」

彼らは笑った。

パペットも笑うんだな。

そのときのぼくは思ったんだ。


そうなんだ。彼らはパペットではなかった。

それはずっと後になって知ったことだ。

彼らは、人の形をしたもの――人形――などではなくて、「人」そのものだったということも。

あのときのぼくは、まだ何も知らなかった。

あのあと、彼らはすぐにカプセルを修理したんだ。そして、カプセルをレールに載せるのをぼくは手伝ってあげた。

「ありがとう」「助かったよ」

彼らは手を振ってカプセルに乗り込み、ハッチを閉じた。

とたんに、カプセルはレールの上をすごい速度で走り出した。そして、そのまま空に駆け上がるように飛んでいってしまったんだ。

いったい何が起きたのかわからないまま、ぼくはそこに突っ立って、彼らが消えていった空を見上げていた。あまりにもいろんなことがありすぎて、しばらくぼんやりしていた。でも、そのときぼくは思ったんだよ。

これを憶えておかなければいけない、ってね。

彼らがぼくに言ったこと。

喋っていたこと。

今はまだわからなくても、そのまま憶えておこう。

そう、ぼくたちには、他の動物にはできないそんなことができる。そういう能力があるんだ。

その能力のおかげで、あの工場からいろんなことを教わって、その知識を吸収して、理解して、それで、こうして文明を築くことができた。

学校で、そう習った。

だから今あったことは憶えておかないといけない。

ぼくはそう思ったんだよ。

ちゃんと憶えておいて、帰ってから他のみんなにこのまま伝えないといけない。そうすれば、何があったのかを誰かが推論することができるかもしれない。今のぼくにできなくても。

と、そこまで考えて、ぼくはとんでもないことに思い当たったんだ。

そのためには、ぼくはひとりで帰らなきゃならない。工場まで続くあのレールのあるところまで、自分ひとりだけで。

大丈夫かな。

突然、不安が押し寄せてきた。

レールに沿って歩くだけだったから、世界の果てまで来ることができた。レールがあるから、町からいくら離れても怖くなかった。たとえ世界の果てからでも、それをたどって帰ればいいことがわかっていたから。

なのに、ぼくは今、世界の果てのその先まで来てしまっている。そして、ぼくをここまで連れてきたあのパペットたちはもういない。

気がつくとあたりはもうだいぶ暗くなっていた。来た方向はなんとなくわかる。

目の前の小さな丘を回り込めば、あの世界の果てだと思っていたところに出るはずだ。

でも本当にそうだろうか。もし回り込んでみて、そこにレールがなかったら。

急に怖くなってきた。

だけど、もう迷っている時間はない。

今ならまだ夜になっていない。このまま夜になってしまえば、覚えているはずの方向だってわからなくなってしまうだろう。急がないと。

ぼくは歩き出した。

振り向いて、空まで伸びているレールをもういちど見た。

地上は暗くなってきたけど、空にはまだ光が残っていて、黒々としたレールの影がくっきりと浮かんでいた。あれが伸びているのと反対の方向に工場があるはずだ。

でもそんなレールも、丘を回り込む途中で見えなくなってしまった。

そうなると、自然に足は速くなった。息は苦しいのに、いつのまにかぼくは走り出していた。

レールが見えなくたって、ただ丘を回り込むだけだ。方向はこれでいいはず。そう自分に言い聞かせながら、ぼくは走った。

何度も転んだ。転ぶとよけいに方向に自信がなくなった。

それでも走った。そうしていないと怖くて足がすくんでしまいそうで、そしてもしそうなったらそのまま動けなくなってしまうだろう。

空が夕方の色から夜の色にすっかり変わってしまった頃、ぼくはようやく工場から伸びている線路の端まで戻ってくることができた。どのくらいかかったのか、よくわからない。それほど時間はかかってないかもしれない。でもあのときのぼくには、とんでもなく長い時間に感じられたんだ。

そして、その長い時間と同じくらい、ぼくの中ではいろんなものの見え方が変わっていた。世界の果てだとばかり思っていたそこが、まるで自分の家の玄関みたいに感じられた。

まっすぐ続く線路の先に工場の灯りが見えた。そして近づいていくにつれて、家々の窓の光が見えてきた。

ほっとしたと同時に、身体のあちこちが痛いことに気がついた。斜面で転んだり、茂みでひっかいたんだろう、尻尾は傷だらけだったし、長い耳も折れ曲がって泥だらけだ。

「おい、どうした」「何かあったのか」

おとなたちから次々に声をかけられた。

子供が傷だらけで、そして泣きじゃくりながら、線路を歩いて帰ってきたのだから、そりゃ声くらいかけるだろうな、と今ならわかる。

でもそのときのぼくには、何も答えることができなかった。

いったい、何があったのか。

何を見たのか。

それをどう言葉にすればいいのかすらわからなかったんだ。


今のぼくは、知っている。

あのとき出会ったのが、「人」という生き物——工場と呼ばれているあの建物とそこにいるパペットを作ったもの——であることを。

そして、彼らが遠い世界——ここは別の星——から、来たのだということ。

彼らが、またここに来ることはあるのだろうか。

あるいは、こちらから会いに行くことはできるのだろうか。

そんなことを考えながらぼくは今、空まで伸びるレールの前に立っている。

あのときと同じように。

いや、同じじゃない。

あのとき知らなかったことを、今のぼくたちはたくさん知っている。

あれからいろんなことがわかった。

そして、ついにぼくたちは、あのとき彼(かれ)らが乗っていたものに似たものを作り上げた。

工場を使ってそれを作る方法を見つけたんだ。

これからぼくは、それに乗(の)り込(こ)む。そして、この世界の果てから、世界の果てのまだ先へと打ち出される。

そう、これが最初の飛行。ぼくたちの第一歩なんだ。

もちろん、怖(こわ)い。不安だ。

あのときと同じように。

だけど、今のぼくとあのときのぼくは、まったく同じというわけじゃない。

怖(こわ)くて不安だけど、でもそれ以上に、わくわくしている。

そう、耳も尻尾(しっぽ)も、ぴんと立っているんだ。

オリジナル・テキスト=「**トロッコ**」(1922　芥川龍之介)

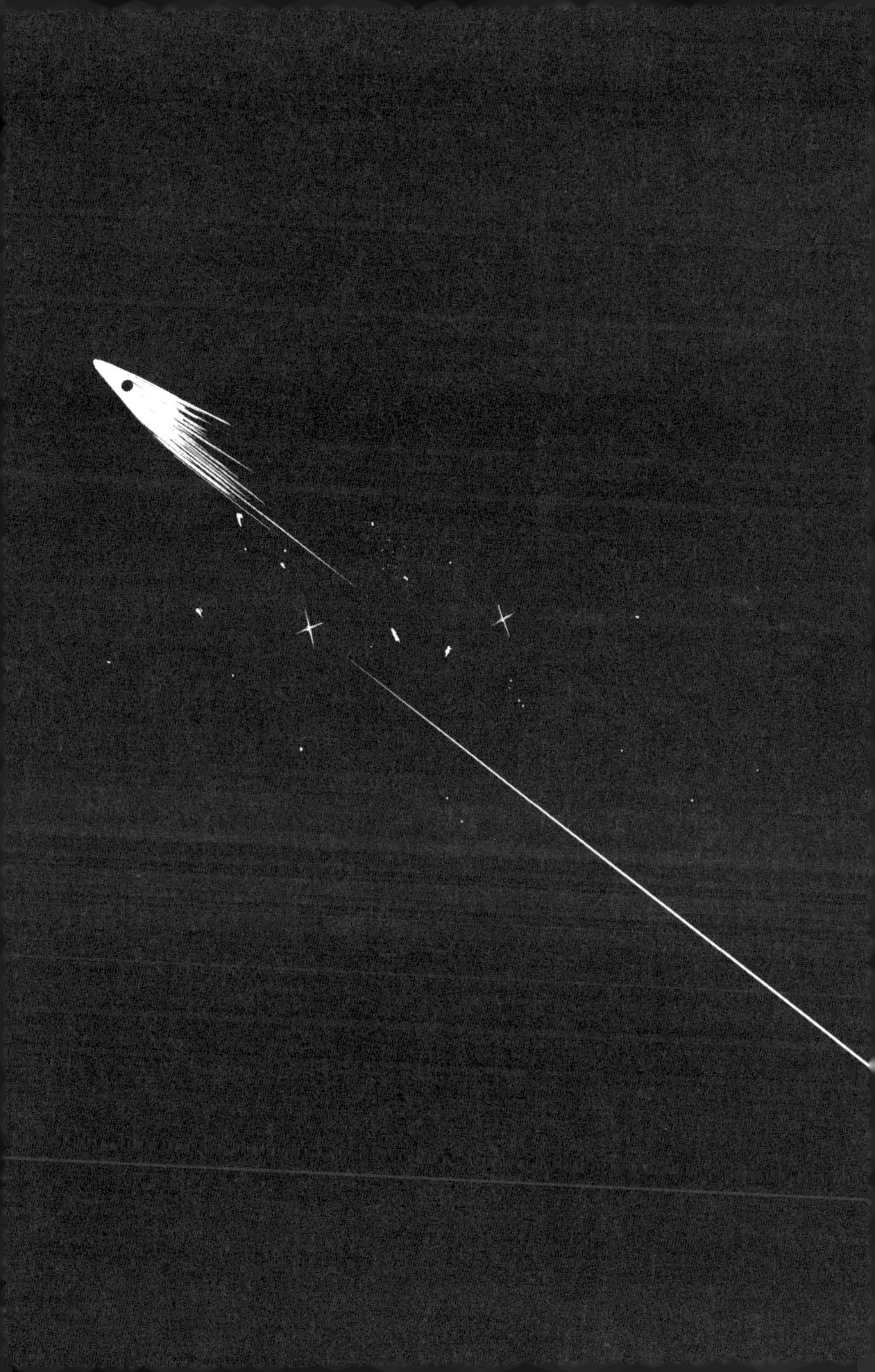

マンホールの女神様

Mercury and the Woodman

8/10

「あと五分早く起きればいいだけの事でしょ！」

いつものママの小言が背中に降りかかる。

適当に返事をしながら靴をはき、ママがまだなにか言いたそうなのを無視して家を飛び出した。


駅までの道を走る。やばい、次の電車に乗らないと本当にギリギリだ。いや、まてよ。その次の電車でも降りた瞬間に走ればなんとかなるかも。

そこまで考えて、冷や汗が出た。

やばい、定期忘れた……？

立ち止まって鞄に手を突っ込む。

鞄の中をかき回すと、カードケースが手に当たった。

なんだ、あった。よかった。

もう駅が近かったので、カードケースを取り出す。

思ったより慌てていたのか、取り出した拍子にケースを地面に落としてしまった。

屈みこんで拾おうとした瞬間、目の前を通り過ぎたサラリーマンがケースを蹴飛ばした。ケースは『点検中』と書かれた赤いコーンの横をすべり、蓋の開いたマンホールに吸い込まれるように落ちていった。

「ちょっと！　待って！」

コーンを飛び越えてマンホールに駆け寄り、中をのぞき込もうとした、その時。

マンホールの中からふわっと風が吹いたかと思うと、目の前に透き通るようなブルーのドレスを着た女の人が現れた。ウェーブした髪は金色に輝いている。

それは……そう、昔絵本で見た女神様そのものだった。

女神様は微笑みながらマンホールの上に浮かんでいる。

私が声を出せないでいると、女神様は、

「あなたが落としたのは、これかしら？」

と手に持っているものを私に見せた。

私のカードケース……？

いや、違う。デザインは似ているけど、そのカードケースに入っているのは、今向かっている河上駅から終点まで行ける定期券だった。

「あの、それ、違います」

私がそう答えると女神様はにっこりと微笑んで、今度はもう片方の手から別の定期券を取り出して言った。

「では、あなたが落としたのはこれかしら？」

定期券には、

【河上駅↓ハワイ】


と印刷されている。

ハワイ？

なんなの、これ。私、からかわれてるのかな。

「それも、あの……違いますけど」

私がそう答えると女神様はパッと両手を背中に隠した。

そしてまた片方の手に別の定期券を持って、私に見せた。

【河中高校↓神宮女子大】

神宮女子大と言ったら地元で有名な大学の名前だ。私の通っている河中高校の偏差値では、とても合格できないような大学。

女神様は、これまで私が見てきた中で一番透き通った笑顔で私を見つめている。

その笑顔を見ていると、この女神様はきっと本物なんだろうと思った。

ということは、この定期券も本物……？

「あの、それ」

言いかけてはっとした。

ちょっと待って。

これって。

このお話って。

木こりが斧を川に落としてしまって、川から女神様が……。

その続きを思い出して思わず頬が弛む。しかし女神様に見られている気がして、慌てて表情を戻した。

危ない。さっきまでの私の顔はきっと強欲な木こりの表情そのものだっただろう。

私は真剣な顔で女神様を見つめて言った。

「違います。それは私のではありません」

あれから三年。

やっぱりあの女神様は本物だった。

隣を歩いている高杉くんを見上げる。

身長が高くて、イケメン。そしてなにより……あの高杉財閥の御曹司。

私は高杉くんに見えないように定期券を鞄から取り出した。


【河中高校→神宮女子大経由→玉の輿】


私が神宮女子大に入学できたのは、やはりこの定期券のおかげだと思う。試験問題なんて、ほとんど白紙だったし。

楽しい大学生活を送っていた私は、みんなが就職活動を始めようとしていた頃に高杉くんと出会った。

あの女神様がこの定期券を私に見せた時、私の将来は約束されたものになったんだ。

定期券を鞄にしまおうと思った瞬間、

「危ない！」

と高杉くんが私を突き飛ばした。

私と高杉くんの間をバイクが通り過ぎていくのが見えた後、体がふっと軽くなって目の前が暗くなった。


頭の痛みで目が覚める。

ここ、どこ……？

さっきまでお昼だったはずなのに、あたりが妙に暗くて、ほとんどなにも見えない。

なんとなく、すぐそばに人が立っている気配がする。それも大勢だ。

だんだん暗闇に目が慣れてきて、私の周りに立っている人たちがみんな女の人だと分かった。全員、なにも言わずに空中を見上げている。それは、とても不気味な光景だった。

なんなの、この人たち。なにしてるの……？

女の人たちの視線を追うと、上の方から光が差し込んできて一瞬目がくらんだ。

薄く目を開けて光の先を見上げると、薄いブルーのドレスが見えた。

あれは、もしかしてあの時の女神様……？

そう思った瞬間、一人の女の人がふわりと浮かび上がって、光の中へと吸い込まれていった。

光の中で、女神様が誰かに話しかけているのが見える。

さっき高杉くんに突き飛ばされて私はどこかに落ちた。落ちた先のここは、もしかしたらマンホールの底なのではないか。

だとしたら、女神様が話しかけているのは高杉くんに違いない。

「高杉くん！」

私は声の限り叫んだが、返事はなかった。

女の人が一人、また一人と浮かび上がっていく。

どの人も私より大人で、綺麗だ。高杉くんなら誰を選んでしまっても不思議はない。私は高杉くんが本当は浮気っぽいことを知っている。

女の人が次々と浮かび上がり、とうとう私ともう一人の女の子だけになってしまった。

私の目の前に立っている女の子がふわりと浮かび上がる。まるで女優みたいな顔をしたそ

の子は、一心に光の中を見つめて、やがて消えていった。
もう、ダメ。あんな子たちを差し置いて、私が選ばれるわけがない。
私は、自分が平均的な顔立ちであることぐらい分かっている。
性格だって、そんなによくない。動物とかにもすぐ嫌われちゃうし。
きっと女神様は見抜いていたんだ。私が嫌な子だってことを。
私、このまま一生マンホールの中で暮らすのかな。
そんなことを考え、涙がこぼれた。
と、突然体が軽くなり、私は宙に浮かんだ。
光が近づいてくる。
一瞬強い光に包まれたかと思うと、私は女神様の横に立っていた。
そんな私を、高杉くんがじっと見つめている。
「あなたが落としたのは、この女の子かしら？」
高杉くんは私を見つめながらにっこりと微笑んだ。

「はい。私が落としてしまったのは、その女の子です」

私が高杉くんに駆け寄ろうとすると、モデルみたいにスタイルのいい女の人が私と高杉くんの間に割り込んだ。

「高杉くん！」

その女の人は高杉くんに腕を絡ませると体を密着させた。

高杉くんの反対側の手にはアイドルみたいに可愛い女の子の手が握られていた。

高杉くんが女の子たちに手を引かれて歩いて行ってしまう。

そしてその後ろを、たくさんの可愛い女の子たちがついていった。

忘れていた。

川に斧を落としてしまった木こりは、女神様の質問に正直に答えた。その結果、金の斧と銀の斧、そして元々使っていた斧、その全てを手に入れたのだ。

私だって三年前そうやって全てを手に入れた。

だからこそ、神宮女子大に入学できて、
あと少しで玉の輿に乗れそうだったんじゃないか。
高杉くんは本当に心から私を選んでくれたのだろうか。
それとも……。
どんどん先に行ってしまう高杉くんを小走りで追いかけながら、
定期券をなくしてしまったことを思い出した。

やまんばと小僧

The Three Magic Charms

昔むかし、あるところにオードリー村という村がありました。オードリー村に住んでいたのは踊りが大好きなひとばかりで、みんなで集まっては毎日踊って暮らしておりました。オードリー村の名物はなんといっても盆踊りで、かつてはその盆踊り目当てに、近郷近在はおろか、遠くからもたくさんの踊り手や見物人がやってきたものでした。

ところが、いつのまにか盆踊りの人気が薄れだし、あれほどいたお客さんもだんだん減っていきました。それと同じころからオードリー村はしだいに過疎になり、今ではすっかりさびれてしまいました。もとの活気のある村に戻すにはどうすればいいか、と村人たちは村おこしの方法をあれやこれやと考えました。

「オドリモンというゆるキャラを作ったらどうだろう」

「パクリはダメだよ」

「じゃあ、オドリッシー」

「それもパクリだろ」

「オドリラーメンとかオドリカレー、オドリ饅頭、オドリせんべいを売り出したらいいんじゃない？」

「それ、ダサすぎるわ。せめてオドリイチゴせんべいにしようよ。なんでもイチゴってつけたら、おしゃれに聞こえるから」

「ダメダメ。話にならん」

「オドリコというＵＭＡが出たことにして、それを捕まえたら賞金を出すとか……」

「嘘もダメ」

そのとき、村長のカスガが言いました。

「盆踊りをもっとアピールしたらどうだろう。なんといっても盆踊りがこの村の呼びものだからな」

「それは昔の話でしょう。今はあんな古くさいもの、だれも見向きもしませんよ。みんな、クラブとかいうところに行って踊ってるそうです」

「クラブというのは、放課後にサッカーとか吹奏楽をやるとこだろ？　どうしてそんなところで踊るんだ？」

「ちがうちがう。クラブというのはゴルフで球を打つ棒のことだ」

「なに言ってるんです。クラブというのはトランプのマークでしょう」

「俺(おれ)はカニのことだと思うけどな」

「そんなことはどうでもいい。我々がやるべきなのは、盆踊(ぼんおど)りの改革だ」

「どうやって」

「新しいリズムを取り入れたらどうだろう」

「新しいリズムって？」

「そんなもんあるんかな」

「私もよく知らないが、世界は広い。我々が知らないリズムがきっとあるはずだ」

「でも、どうやってそれを見つけるんです」

「うーん……そう言われるとなあ……」

村人たちは毎日頭を悩(なや)ましておりました。

さて。

村はずれにオンボロ寺という古いおんぼろなお寺がございました。

「これ、怨念。怨念はおるか」

和尚さんが大声を出しました。小坊主の珍念が、

「怨念は、和尚さまを恨んで寺を出奔いたしました」

「しゃあないやつじゃな。『おんねん』なのに『おらんねん』な。——では、邪念はおるか」

「邪念は、またとてつもなく邪悪なことを思いついたぜ、と言って寺を出奔いたしました」

「こまったもんじゃのう。では、雑念はおるか」

「雑念は、仏道修行以外にいろいろとやりたいことができたと言って、寺を出奔いたしました。ついでに申しますと、執念も妄念も固定観念も経営理念も有馬記念も小林少念も鶴は千年亀は万念も、もうおりません」

「うーむ、残念無念じゃ」

「だれがうまいこと言えと……」

「なぜ、この寺はこう小僧がいつかぬのであろうのう」

「わかりませんか。和尚（おしょう）さまが変な名前をつけるからに決まってますよ。どうしてあんな妙（みょう）ちきりんな名前をつけるんですか」

「つけたいねん！　妙（みょう）ちきりんな名前をどうしてもつけたいねん」

「もしかしたら、それも名前の候補ですか」

「そうじゃ。つぎに小僧（こぞう）が来たら、名前は『どうしてもつけたい念』にするつもりじゃ」

「だれも来ませんって」

「ということは、今、寺にはだれが残っておるのじゃ」

「わたくし珍念と、中高念、それに14万8千光念の三人だけでございます。けど、14万8千光念は、和尚（おしょう）さまがイスカンダルにお使いに行かせたまま、まだ帰ってきてませんので、今はわたくしと中高念だけです」

「ふーむ、そのネタは若い読者にはわかりにくいのではないかのう」

「名前をつけたのは和尚（おしょう）さまですよ」

「じつは、使いに行ってもらいたいのじゃが、おまえか中高念か、どっちがよいかのう」

「中高念は、血圧、尿酸値、コレステロール、血糖値、γ－GTPが全部高いと言って、今、部屋で寝ております」

「では、おまえしかおらんということじゃな。珍念、取り上げ婆のおよね婆さんを連れてくるのじゃ。頼んだぞ」

「だれか産気づいたんですか」

「茂平の嫁が臨月でな、そろそろ生まれそうなのじゃ。この過疎の村にこどもが生まれるとはめでたいことじゃが、ここには取り上げ婆がおらんでな」

「そのおよね婆さんというひとはどこに住んでるんです」

「カニバル山のミンミン谷じゃ」

「えええええーっ！」

「うるさいのう。どうしたんじゃ」

「カニバル山といえば、近頃、狼が出るとかウワバミが出るとか山賊が出るとかゴジラが出るとか口裂け女が出るとかトイレの花子さんが出るとかゾンビが出るとか、ろくな噂を聞きません。小僧の生命をいたずらに危険にさらすようなそんな無謀な依頼はお引き受けいたしかねます」

「小僧の分際でなにをイキッとんのじゃ」

「和尚さま、トイレの花子さんとかゾンビはともかく、カニバル山にはやまんばが出るというのを聞いたことがあります。やまんばが出たら、ぼくちゃんみたいに可愛らしいお子さんは、頭から食べられてしまうのとちがいますか。やっぱりやめときますわ」

「だれが可愛らしいお子さんじゃ。──心配いらん。もし、やまんばが出てもいいように、これを渡しておこう」

和尚さんはそう言うと、紙でできた小さなお守りのようなものを珍念に手渡しました。

「なんですか、これ」

「三枚のお札じゃ。観音さまからいただいたありがたいありがたいありがた──いものゆえ、もしやまんばが出たら、これを一枚ずつ投げなさい。──わかったな」

「へ？」

「わかったな」

「へ？」

「わかったな」

「へ？」

「わかったな」

「へ？」

「わかっ……いつまでやっとる！　早う支度してとっとと出かけぬか！　ぐずぐずしとったら、その尻蹴り上げるぞ！」

「へーい！」

珍念はあわてて寺から飛び出しました。

「ああー、またしょうもないお使い言いつけられた。けど、あの和尚さん、人使いが荒いにもほどがあるなあ。小僧だからなんとかもってるねん。これが雑巾だったらとうに擦り切れてるって……」

　ぶつぶつ言いながら、珍念は山に入っていきました。

「それにしても険しい山だよな。山道は歩きにくいし、木が茂ってて昼なお暗いっていうやつだな。うっかりしてたら、道を間違うてしまう。よほど気をつけて歩かないと道を……」

　そこまで言って、珍念は立ち止まりました。

「ほらー！　もう間違った！　自分でも、やるとは思ってたけど、やってしまったなあ。えらいことだよ、これは。どうしよう。どうしよう。どうしよう。——そうだ、こういうときは落ち着くんだ。落ち着け、落ち着け。餅つけ。ちがう、落ち着け。道がわからないときはどうするか……。そ、そうだ、だれかにたずねればいいんだ。でも、こんな山のなかでだれかいてるかなあ……」

　珍念はしきりにあたりを見回していましたが、

「おーっ、あんなところに草刈りしてるお婆さんがいる！　すいませーん、ちょっとものをおたずねします」

「はいはい、なにかいの」

腰の曲がった、白髪のお婆さんがこちらを向きました。

「ここはカニバル山ですか」

「そじゃ、ここはカニバル山じゃ」

「カニバル山のミンミン谷ですか」

「そじゃ、ここはミンミン谷じゃ」

「えーと、あなたはやまんばですか」

「そじゃ、わしゃやまんばじゃ」

「ああ、やっぱりやまん……ええええええーっ！　たーすけて——っ」

珍念が逃げ出しますと、やまんばも追いかけてまいります。その速いこと速いこと、まるでウサイン・ボルトのようです。

珍念は必死で走り続けます。

「ヤバい。ヤバすぎる。このままじゃ追いつかれる。食べられてしまう。——そうだ、お札だ。和尚さんが言ってた、観音さまからいただいたありがたいお札だって。これを投げたら、たぶん高い山ができたり、深い河ができたり、火が燃えたりして、追っ手を防いでくれるにちがいない」

珍念は走りながら一枚目のお札を手にしました。

「よし、第一のお札、行ーけーっ！」

珍念がお札を投げると、それはやまんばの前に落ち、大人気コミックス「ニャンピース」全八十五巻になりました。

「うおっ、前から読みたかったマンガじゃ。うはうはうは……」

やまんばは腰をおろし、ポテトチップスを食べながら一巻から読み始めました。

「やれやれ、これでよし。八十五巻も読むのは相当時間がかかるはずだ」

珍念はそう思いましたが、やまんばは目にもとまらぬ速さでページをめくり、目を左右にきょろきょろさせながらものすごいスピードで読破していきます。

「あのー、やまんばさん。そんなに急いで読むと内容が頭に入りませんよ」

「心配いらん。わしは通信教育で速読術をマスターしとるからな」

ＤＶＤの早送りのような速さで笑ったり泣いたり怒ったりしているやまんばの横に、読み終えた巻がどんどん積み上げられていくのを珍念は呆然と見つめていましたが、

「いけない。逃げなくちゃ」

でも、時すでに遅し。やまんばは、あっというまに最後の八十五巻目を読み終えて、

「おもしろかったわい。待てーっ！」

「うひゃあ！」

珍念はまた走り出しましたが、すぐに追いつかれそうになり、しかたなく二枚目のお札を投げました。

「第二のお札、行ーけーっ！」

珍念がお札を投げると、それはやまんばの前に落ち、回転ずしのレーンになりました。そこには、トロ、鯛、ヒラメ、ウニ、イクラ、コハダ、赤貝、ウナギ、数の子、玉子焼き……といった寿司ネタのほか、熱々のステーキ、ピザ、パスタ、豚まん、シューマイ、ギョーザ、ハンバーグ、海老フライ、天ぷら、フォアグラ、すき焼き、ラーメン、フライドチキン

……といった山海の珍味が流れています。マンゴープリン、パンケーキ、パイ……といったスイーツもありました。

「やった！　すごい量のごちそうだ！　これを全部食べてたらとんでもない時間がかかるぞ。でも……ちょっと食べたいなあ……」

珍念が、そんなことを思っていると、やまんばは首を横に振って、

「わしのような歳になると、こういう油もんは重うてのう、そうめんと梅干しぐらいがちょうどええのじゃ。それに今、ダイエット中なので、悪いがパスさせてもらうわい」

「えーーーーっ！　もったいない！　ていうか、さっきポテトチップス食べてたくせに。ていうか、逃げないと……！」

珍念はまたまた走り出しましたが、すぐに追いつかれそうになり、とうとう三枚目のお札を投げました。

「第三のお札、行ーけーっ！」

珍念がお札を投げると、それはやまんばの前に落ち、ステージになりました。ステージの

うえでは男性ダンスグループ「十三代目トオルブラザーズ」がＥＤＭを踊りまくっています。

「うわっ、これはまずい！　年寄りは演歌とか民謡とかムード歌謡でないと無理だ。またパスされるかも……」

珍念の心配をよそに、意外や意外、やまんばはステージの真ん前まで行くと音楽に合わせていきなりヒップホップダンスをはじめました。手を振りおろし、胸や肩をふるわせ、ステップを踏み……しまいには高々とジャンプしたり、頭を地面につけて回転したりとやりたい放題です。その凄まじさは、ステージ上のダンサーたちが呆れて笑い出したほどでした。

「いいぞ、婆さん！　もっとやれ！」

「婆さん、最高！」

曲のエンディングとともにやまんばはビシッと右手で空を指差すポーズを決め、

「どうじゃあっ」

「うわあ、三枚目のお札もダメだった。――けど、待てよ。あのやまんば、音楽的にすごく高度すぎるな。あのー、やまんばさん」

「はいはい、なんじゃね」

「あなた、ほんとにやまんばさん？」

「言うたじゃろ。ほんとにやまんばじゃ」

「あのー、やまんばというのは、ひとを殺して食べたり、悪いことばっかりするのとちがいますか」

「そんなことありゃせん。やまんばというのは、女のひとがこどもを産むときに世話をする役目じゃ」

「あのー、それって取り上げ婆とちがいますか」

「そうじゃ、取り上げ婆じゃ」

珍念はひっくり返りました。

「ええええええーっ、あなた、もしかしたら取り上げ婆のおよね婆さん？　ああ、よかった。私、オードリー村の和尚さんに言われてあなたを呼びにきたんです。でも、取り上げ婆やったら、どうして私を追いかけてきたんですか？」

「どうしてって……そら、おまえが逃げるからじゃ」

「な、なんだ……私もうへとへとです。それに、なんで取り上げ婆なのに私が『ヤマンバですか』ってきいたら、そうじゃ、て言ったんですか」

「おまえはなんにも知らんやつじゃのう。昔から取り上げ婆とやまんばは同じものなんじゃ。ほれ、取り上げ婆、やまんば……あれ？　取り上げ婆、やまんば……」

　やまんばはしばらく考えおりましたが、

「間違うておった。やまんばやのうて、産婆じゃ。ほれ、『山』という漢字は『さん』とも読むじゃろ。そうじゃそうじゃ、山ん婆やのうて、産婆やったわい。それぐらいすぐに気づけ」

「気づくかい！　はー……産婆さんでしたか。私、寿命縮まりました。けど、よかった。では、これから一緒に来てください」

「よし、わかった。行ってやろう。――オードリー村へ行くのも久しぶりじゃ。近頃はどんな塩梅かな」

「村おこしのために盆踊りに新しいリズムを導入しようとしてるんですが、だれもなにも思いつかなくて……」

「新しいリズム？　ほっほっほっ……小僧さん、わしがええこと教えたろ」

「なんですか」

「サンバじゃ。よう聞いときなはれや」

そう言うと、およね婆さんはホイッスルをくわえて、高らかに響かせました。

ピーピー、ピーポポ、ポポピー、ピーポポ
ポーピー、ピーポポ、ピピッピ、ピポー

すると、どこからともなくバスドラムやスネアドラム、アゴゴやクイーカ、タンボリン、パンディーロといった打楽器の音、そしてイントゥーのベースラインが聞こえてきたではありませんか！　それを聞くと、珍念の身体もひとりでに動きだしました。

「うひょっ、これはいいぞ。なんだか勝手に手足が動く」

いつのまにか派手なブラジャーと腰蓑姿になり、頭に色とりどりの羽根をつけたおよね婆さんは激しく腰を振り、リズムに乗って踊っています。驚いて見ている珍念に、

「おまえも踊らんかい！」

「了解！」

産婆！

やまんば！

産婆！

やーまんば！

産婆産婆産婆！　産婆産婆産婆！

取り上げ婆！

やまやま・やまやま・やまやま・やまやま・やーまんば！

取り上げない婆！

カラスが三羽で三羽ガラス
みんな踊ろう
カラスも踊ろう
夜明けまで
カーニバルは果てしなく続く
産婆！　三羽！　サンバ！　や――――――――まんば！
サンバ！　マンバ！　ウンバ！　ドンバ！　カンバ！　ボンバ！
う――――――、サンバ！

およね婆さんと珍念はノリノリで踊りまくりながら山を下りて行きました。

村に着いた途端、珍念は汗だくになってその場にへたり込み、

「はあはあはあはあ……あー、疲れた。サンバというのはかなりヘビーだな。けど、これで盆踊りに新しいリズムを導入することができ……あれ？　なんだか村の様子がおかしいぞ」

村の目抜き通りで村人たちが総出で踊っているのです。しかも、そのリズムは珍念が聞いたことのないものでした。

「みんな、変なリズムで踊ってる。サンバに似てるけど、もっとお上品というか……これはこれでいい感じだなあ。あれ？　先頭で木魚を叩きまくりながら踊ってるひと、よく見たらうちの和尚さんだ。ロングヘアにしてるからわからなかった。今朝までつるつるの坊主頭だったのに、すごいロンゲだなあ。なにを考えてるんだろう。——和尚さん、和尚さん」

「おお、珍念か。およね婆さん連れてきたか」

「連れてきましたけど、これっていったいなんなんです」

「これは、わしが発明した新しいリズム、ボサノバじゃ」

「ボサノバ？」

「そうじゃ。『坊さん、髪伸ばす』の略で、『坊さ・のば』じゃ。なかなかええじゃろ。おまえも踊れ」

こうしてオードリー村にはサンバとボサノバというふたつのリズムが新しく導入され、盆踊(おど)りには以前のようにたくさんのひとが集まるようになったそうです。
めでたしめでたし。

風になっても

Hachikaburihime

10/10

こんにちは、とあいさつするみたいにして、女は人差し指でベンチの背もたれにふれると、公園のなかを見まわしました。あと数日で夏至という、ある夕暮れ時のことです。夕風にそよぐやわらかな緑の若葉。噴水のむこうにちらちら見える、バラの花のレモン色。音もなくベンチに腰を下ろし、白い手を組んだ女の頭には、大きな鉢がさかさまに、帽子のようにのっていました。そのせいで鼻から上はよく見えないけれど、まだ十七、八歳くらい――いや、それよりもずっと若いのかもしれないのでした。

蝶がその鉢にとまりました。蝶は息をととのえるようにゆったりと羽を上下させていたけれど、とおりがかりのジョギングをする男に驚かされて、あわてて飛び去りました。

公園管理者は、死角ができないように公園のあちこちに設置されたサーベイランスカメラを通して、このおかしなかっこうの女に注意をむけていました。彼女があらわれたのは、きのうの午後五時四十六分のことです。

なんて変わった人なんだろう。公園管理者はあやしく思いました。あんな古風な器を被って、顔もろくに見えやしない。不審者として登録しておくべきだろうか。

女は翌日も来ました。公園管理者は、来園者のチェック、清掃ロボットの管理、センサーデータの解析、まだ池でハゼ釣りをしている子供たちの見守り、樹木の生育状態の記録といった仕事の最中も、彼女に気をとられがちでした。翌々日も、やはり夕暮れ時にやって来ました。四日目、女が姿を見せないと、公園管理者はなにかあったのではないかとその日は気分が落ち着かず、五日目は激しい夕立があって、その日も女が訪れないまま日が暮れました。どうして彼女はあんな器など被っているのだろうか。公園管理者は、隠れた彼女の顔を見たいと思いました。六日目の空は晴れ渡り、すばらしい夕空が広がると、公園の西の門の、花の終わったモッコウバラのアーチをくぐって、女はやってきました。七日目の夏至の日、公園管理者は彼女に「夕顔の君」と名付けたのです。女が来ると決まって目覚めるように花を開かせるのが、白い夕顔の花だったから。

夕顔の君と名付けられた女の身にまとう白いワンピースが、六月の鮮やかな夕映えに染まり明るく燃え立って、公園をそぞろ歩く人たちの目を奪ったけれど、頭に大きな鉢を被っているさまはやっぱり異様で、くすくすと笑う人もありました。

でも、女は少しも気にせずに、いつものベンチに腰を下ろします。

鳥の声がしました。

なんの鳥だろう、聞きなれない声――頭から離れない鉢のせいで、空を見あげるのはひどくおっくうでした。なので足下を、地面ばかりを見るくせがついていました。けれどそのおかげで、道端の草花や大樹の下生え、小さな虫、石ころや土や砂の表情の細やかさまで知ることができたのでした。

そうやって、数えたくもない年月を、女は生きてきたのでした。娘のまま、ひとつの病気もせず、飢えも知らず。

ただ、この姿を「鉢かぶり」と呼んであざ笑う、人の無情が辛かったのです。くわえて天災や戦乱、人々のあっけない死を目の当たりにすることに耐えられず、山にこもった百年もありました。やがて汽車が走り、飛行機が飛び、大都市ができ、その都市が大きな炎につつまれて人も建物も丸焼けになる恐ろしい光景も目にしました。

でも、この鉢に恨みはない……女は唇を軽くかみました。

優しくしてくれる人がいなかったわけではない。自分を愛すると言ってくれた人もいなかったわけではない。けれどそれはみんなうわべだけで、いつまでもおなじかたちを保っているものはひとつとしてなかった。かたい石でさえ雨や風にけずられ、時とともにかたちを変える。人の心だってそうだ。それを鉢は教えてくれた……。

女がベンチから立ちあがろうとしたとき、またなにか聞こえました。さっきの鳥の声ではない。風のいたずら？

（夕顔の君……）

そういう声が、たしかにしたのでした。

女は声の聞こえたほう、高い樹の梢を見あげたけれど、そこには重なる青葉があるばかり。

女が公園に来るたびに、その奇妙な声は聞こえました。ベンチに腰を下ろすと、ふしぎとあたりに人影（ひとかげ）はなくなり、まるでこの公園にいまいるのは自分だけのような気がしました。夕顔の君、とは自分のことなのか、そうではないのか。けれど、その呼びかけには心をとらえるなにかがある。今日こそは、あの声にこたえよう。こたえて、話をしてみよう。女はそう決心しました。

（あなた……夕顔の君）

声を待ちかまえていた女は、ふとももの上に置いた両手をぎゅっと握（にぎ）りしめました。

「はい」

（よかった。やっとこたえてくれました）

謎（なぞ）の声の調子が弾（はず）みます。

「夕顔の君とは、このわたしのことなのですね」

（あたりに、あなたのほかには誰（だれ）もいないでしょう）

「なぜ、夕顔の君などと」

（決まってトワイライトの時刻にここに来るから）

「あんまり人目につきたくないものですから」

（その頭に被っているもののせい？）

「そうなのかもしれないし、そうではないような気もします」

（どうして器なんて頭に被っているんです）

「どうしてだか知りたいですか」

（いや……僕はただ）あなたの顔をはっきり見たいから、という言葉を彼はのみこました。

女――夕顔の君は静かに笑いました。

「ねえ、あなたはいったいどこにいるのです。おそらく男の方、というのはわかりますが」

（この公園を管理している者です）

「どこから声が……」

（あ、蝶が。あなたの鉢にとまっています）

夕顔の君が必死に声の主を探してこうべをめぐらしても、目に入るのは、梢の上へ上へとのぼっていく一頭の蝶だけでした。

人影のひとつとしてない、ふたりだけの静かな時間。ゆったりしたおしゃべりの時間を、夕顔の君と公園管理者は、いつしか大切にするようになっていました。

その日もようやく日暮れ時となりました。

ひらりと飛ぶ蝶を、夕顔の君は遠い景色をながめる目つきで追っています。その横顔を、公園管理者は美しいと思いました。

（あなたはあの蝶が好きですか）

「ええ、好きです。母もあの蝶が好きでしたから」

（あなたのお母さん……）

夕顔の君の、少し考えこむように結んでいた唇がほどけて。

「信じられないでしょうが、わたしは中昔から、千年近くも生きているのです。この鉢は、母が亡くなる直前に、おんみずからわたしに被せたものです。わたしが幸せになるようにと、鉢のなかに宝を隠して。けれど人々はわたしを指さして、人ではないと恐ろしがり、そして笑いました。幸せはまだ訪れません。宝を取り出だそうにも、この鉢は頭からどうしてもとれないのです。でも、どんなにさげすまされようと、恨みになど思ってはいません。わたしはいくつもの世のうつろいを見てきました。ほんとうに、気の遠くなる月日です。けれどこの鉢は、母が見守ってくれているということの証明です。そのおかげで、ほんとうの孤独におちいることはありませんでした」

公園管理者はしばらく黙っていましたが、やがて少し重苦しい、彼女に言い聞かせるような声音で言いました。

（あなたのことについて、少し知ったことがあるのです。「鉢かぶり」のこと――辛い旅の果てに幸福を手に入れた女の物語を。でも現実は、その物語のようにはならず、あなたはひっそり生きてきた。夕顔の君、その鉢は、きっと呪縛です）

「そんな、呪いだなどと……」

思いがけない言葉に驚く夕顔の君にむかって、彼はおだやかに続けました。

（あなたはもう、お母さんから離れなければならない。僕はそう思います。愛されることと愛することはちがうのです……そうだ、あなたの頭上の、この古い楠に覚えはありません

か。わたしはこの木の来歴を知っています。木は覚えていました。あなたと、あなたのお母さんに植えてもらったことを。物語ではない、あなたのほんとうの人生のことも）

夕顔の君は、頬をはたかれたような顔をして、声のするほうに目を走らせました。

「ええ、たったいま、思い出しました。そんなことがあったのです。いま飛んでいる、羽に青い筋の入ったこの蝶が好む木なのだと、母は教えてくれました。そうしてふたりして、ほんのたわむれに、実を土に植えたのです。黒く熟した実を。それがこの木だというのですね」

（そうなのだとこの木は言います）

「あなたは不思議な人。いったい何者です。なぜいつも声を聞かせてくれるだけなのですか。わたしはあなたの姿が見たい」

（それはできない）

「ひとめだけでも」

（どうしたって無理なのです。わかってください。困らせようとして、こんなことを言っているわけではないのです）

「……わかりました」

あたりが闇に包まれるのを恐れるように、夕顔の君はうつむきながら立ち上がると、黙って公園を出ていきました。

（また来てくれたのですね。ありがとう）

公園管理者の声の最後のほうが少し震えています。夕顔の君は口元にはにかみを浮かべながら「わたし、あれから考えていたのです」と、言葉をひとつずつ数えるように言いました。

あの日から一週間、夕顔の君は姿をあらわしませんでした。彼はいつものように仕事をしながら、いくつもの夕暮れの訪れを、ただ待ち続けるしかなかったのです。呪縛などと、なぜ口にしてしまったのだろう。誇り高いあの人は怒ったにちがいない。もう二度と来ないのではないか。そう覚悟さえしました。だから彼女をみとめたとき、彼はまぼろしを見ているのではないかとさえ思ったほどです。

（なにを考えていたのです）

「この鉢のことを。いまならとれるかもしれないと」

ゆっくりと夕顔の君は言葉を続けます。

「あなたの言うとおり、わたしは母以外の人を愛することをしなかった。そして誰かに愛されることばかり、待ち続けていたのかもしれません。でも、いまは違う。誰かを愛したい。そう思うとこの鉢も、いつでもとれたのではないかとさえ思える。わたしは変わりたかったのです。それをあなたは気付かせてくれた」

夕顔の君の顔色が透きとおるかと見えるほど青白いのを、彼は見逃しませんでした。

(怖いのですか)

「ええ。でもだいじょうぶ。あなたの手でとってもらえるなら。今日はお願いに来たのです。ね、どうか姿をあらわして、手を差しだしてください。そしてこの鉢をとってくださいな」

(……僕は)

公園管理者は、覚悟を決めたように声を絞りだしました。

(僕には体がないのです。幼い頃の事故で体はバラバラになってしまい、脳だけが生かされました。いまは地方公務員として、こうして公園管理の責任者をしています。たくさんのサーベイランスカメラと多機能センサーが僕の目と鼻と耳です。スピーカーが僕の発声器官です。この公園のことならなんでも知っています。そう、楠の記憶だって、僕は知ることができるのです。けれど僕には腕がない。手がない）

「でも、できることもたくさんあるでしょう」

（それは、まあ）

「わたし不思議に思っていた。どうしていつもこうして、ふたりきりでいられるのかって」

（人が近よるとちょっと細工をして、道筋を変えさせてもらっているんです）

「怒られますよ」

（信用があるんです）

　ふたりは笑いました。

　音もなく歩みよる闇の気配が、するするとふたりの間に割りこんできて、笑顔を消した夕顔の君は、先を急ぐふうです。

「そう、それなら風を起こすことはできますか」

(それはまた、どうして)

「風でこの鉢を飛ばすのです。そんなに強い風はいりません。ただ、あなたの起こした風であってほしい。なぜなら、わたしはあなたのことを……」

先をつづけようとする彼女を、彼はさえぎりました。

(あなたに触れることもできない者を、あなたは愛することができますか)

夕顔の君は、ごつごつした楠の木肌に手を置きました。

「あなたの体はこの公園です。この楠だってそう。あなたは心の底のほうで、わたしのことを――人の気持ちを恐れているのですね。わたしもそうなのです。臆病者どうし、わたしたちはよく似ています。そういうあなたをわたしは愛することができる。そんな気がするのです」

無言の彼に、夕顔の君は強くせまりました。

「さあ、風を」

(……)

「この鉢をとれば、わたしのなりたいものになれる。あなたと出会ってから、そう考えるようになりました。だから心を決めたのです。この鉢をとったわたしが、もし一本の木になってしまっても、忘れないでいてくれますか」

（……いけない）

ほんとうに、ただ一本の木になってしまうかもしれない――突然言い知れぬ不安に襲われて、母親から離れなさい、などと言ったことを後悔しました。もう、顔をはっきり見たいなどとも思いませんでした。

（たしかにその鉢は、いつまでも年をとらない呪いかもしれない。けれど同時に、命をいつまでも永らえさせる装置なのかもしれない。それがあなたのお母さんの渡してくれた宝だったのだとしたら――それをとってしまったら、ほんとうにどうなってしまうかわからない）

「それだって永遠ということはありません。わたしもただの人間なのです」

公園管理者は黙ってしまいました。

「どうか忘れないでいてください、わたしが変わってしまっても。さ、約束を」

楠(くすのき)のしげる葉のなかほどに、きらりと夕陽の色を返すものがあって、カメラのレンズをみとめた夕顔の君は、胸の前で手を組み、祈(いの)る顔つきでそれをじっと見つめました。はじめてまっすぐに見つめられて、彼女(かのじょ)の決心はどうしたって変えられないことを、公園管理者はさとりました。

(……忘れるはずがありません)

「たとえば、雨粒(あまつぶ)のひとつになっても」

(雨粒(あまつぶ)になっても)

「石くれになっても」

(石くれになっても)

「一陣(いちじん)の、風になっても」

(ええ、風になっても)

夕顔の花が開きます。

「風を。どうぞ、あたりが暗くなるまえに!」

——ひゅっ。

公園管理者が起こしたのか、それとも自然に立ったのか。

風が吹(ふ)きました。

それまで、どうしてもとれなかった鉢(はち)がふわりと舞(ま)いあがって、小道に落ち、ぱかりとふたつに割れました。公園管理者はその様子をぼんやりながめていました。まだ肉体があった幼い日、あやまって落として割ってしまった、瀬戸物(せともの)のごはん茶碗(ちゃわん)のことを思い出しながら。

作家・作品紹介

田丸雅智　ショートショート作家。1987年、愛媛県生まれ。代表作「海酒」はピース・又吉直樹主演で映画化された。作品に『じいちゃんの鉄工所』(静山社)、『珍種ハンター ウネリン先生』(学研)など。

石川宏千花　児童文学作家。『ユリエルとグレン』(講談社)で第48回講談社児童文学新人賞佳作、日本児童文学者協会新人賞を受賞。作品に「お面屋たまよし」シリーズ(講談社)など。

粟生こずえ　フリーライター、編集者。1968年、東京都生まれ。作品に『動物園・赤ちゃん誕生物語』(集英社)、『必ず書ける あなうめ読書感想文』(学研)など。

小松原宏子　児童文学作家。東京都生まれ。作品に『いい夢ひとつおあずかり』(くもん出版)、『ホテルやまのなか小学校』(PHP研究所)、翻訳に『スヌーピーと、いつもいっしょに』(学研)など。

巣山ひろみ　児童文学作家。広島県生まれ。『逢魔が時のものがたり』(学研)で第42回児童文芸新人賞受賞。作品に「パン屋のイーストン」シリーズ(出版ワークス)など。

せいのあつこ　児童文学作家。1969年、大阪府生まれ。『ガラスの壁のむこうがわ』(国土社)で、第28回読書感想画中央コンクールの指定図書に選定。作品に『大林くんへの手紙』(PHP研究所)など。

北野勇作　SF作家。1962年、兵庫県生まれ。『かめくん』(河出書房新社)で第22回日本SF大賞を受賞。作品に『どろんころんど』(福音館書店)など。

小狐裕介　ショートショート書き。1986年、東京都生まれ。作品に『ふしぎな駄菓子屋』〔『ショートショートの宝箱』(光文社)収録〕、『狐の与太話』(KDP)など。

田中啓文　作家。1962年、大阪府生まれ。「渋い夢」で第62回日本推理作家協会賞(短編部門)を受賞。ほか受賞歴多数。作品に『落語少年サダキチ』(福音館書店)など。

小島水青　作家。1970年、埼玉県生まれ。作品に『鳥のうた、魚のうた』(メディアファクトリー)、「恐怖通信 鳥肌ゾーン」シリーズ(東雅夫編・監修、ポプラ社)収録作など。

シライシユウコ　イラストレーター。作品に『ハーモニー』(伊藤計劃・著、早川書房)、「乙女」シリーズ(折原みと・著、ポプラ社)など。

名作転生 ❸主役コンプレックス

2017年10月31日　第1刷発行
2019年2月4日　第2刷発行
2020年2月14日　第3刷発行

文　田丸雅智・石川宏千花・粟生こずえ・小松原宏子・巣山ひろみ
せいのあつこ・北野勇作・小狐裕介・田中啓文・小島水青
イラスト　シライシユウコ
装丁・デザイン　有馬トモユキ

発行人　松村広行
編集人　小方桂子
編集担当　永渕大河
編集協力・DTP　粟田佳織・上埜真紀子
発行所　株式会社学研プラス　〒141-8415 東京都品川区西五反田2-11-8
印刷所　大日本印刷株式会社

この本に関する各種のお問い合わせ先
●本の内容については　Tel 03-6431-1615(編集部直通)
●在庫については　Tel 03-6431-1197(販売部直通)
●不良品(落丁、乱丁)については　Tel 0570-000577
学研業務センター
〒354-0045　埼玉県入間郡三芳町上富279-1
●上記以外のお問い合わせは
Tel 03-6431-1002(学研お客様センター)

〔お客様の個人情報取り扱いについて〕
本書のハガキアンケートにご記入いただいた個人情報の取り扱いに関するお問い合わせは、
(株)学研プラス 幼児・児童事業部(電話03-6431-1615)までお願いいたします。
当社の個人情報保護については、当社ホームページ https://gakken-plus.co.jp/privacypolicy/ をご覧ください。

学研グループの書籍・雑誌についての新刊情報・詳細情報は、下記をご覧ください。
学研出版サイト https://hon.gakken.jp/